ICHIEI ISHIBUMI

Kadokawa Fantastic Novels

彩頁、內文插圖／みやま零

目錄

——我有一群想要保護的人。

Encounter. 白龍與黑天使

那是七年前的某個夜晚。

遇見那個傢伙那一天的事情，我記得非常清楚。那是個雪花靜靜飄落的寒冷夜晚。

歐穆赫撒帶著一名少年，來到我——阿撒塞勒的身邊。

少年穿得一身破爛，頭髮也雜亂不堪，而且遍體鱗傷。

最令我印象深刻的，是他完全表露出敵意的雙眸，如實表現出他在之前的成長過程當中未曾相信過任何人。一眼就可以看出他曾經遭受極為嚴重的虐待。事實上，少年的親生父親及祖父都曾對他施暴。

據歐穆赫撒所說，這名少年之前是在歐洲的某個深山小鎮闖空門的慣竊。好幾次有人試圖逮捕他，但他發揮了不像孩童所能擁有的異能，不只警察逮不到他，就連梵蒂岡的特務們也被他擊退了。

得知他的體內蘊藏著惡魔之力以及——強大的龍之力，梵蒂岡原本已經要做出派遣數名上級特務的決策了。

就在這個時候，歐穆赫撒接獲惡魔陣營的聯絡，說是希望能夠抓住那名少年。

而在歐穆赫撒率領部下，逮住了那名少年之後，才發現他竟持有「白龍(vanishing dragon)」的神器(sacred gear)——白龍皇的光翼(divine dividing)，也就是這一代的白龍皇。

我們長久以來監視過好幾名神滅具(longinus)持有者，但是出乎意料的，我們直接留在身邊管理的人，那名少年是第一個。

我對第一次見面的少年說：

『聽說你鬧得讓大家都相當頭疼啊……你叫什麼名字？』

少年沉默了好一陣子之後，回答了我的問題。

『……瓦利……路西法。』

沒錯，無巧不成書，那名少年——瓦利不但持有神滅具，更繼承了惡魔之王，甚至足以稱為惡魔之父的「路西法」之血統，簡直巧到像是在開玩笑。若是梵蒂岡——天界陣營知道這件事的話，肯定會群情激動，立刻殺掉他。不僅如此，即使是當時的惡魔陣營，只要知道了這個孩子的存在……

……將瓦利的情報提供給歐穆赫撒的，是當時侍奉前任路西法之子——李澤維姆的傭人，那是個下級惡魔。那名傭人將瓦利的情報告訴了歐穆赫撒——也就是和墮天使陣營有來往管道的惡魔。有他通知我們，瓦利才得以平安投靠神子監視者(Grigori)。

假如惡魔陣營知道了瓦利的存在，真不曉得和舊魔王派勢同水火的當權政府，尤其是大王派，將如何對待這個孩子。或許會將他關進牢裡直到死去，或是直接收拾掉他，當作他原本就不存在也說不定——由惡魔與人類所生，具備路西法與白龍皇之力的存在，厭惡這樣的他的人，在惡魔的上層階級當中想必不在少數。

就保住瓦利一命這點來說，我想那名傭人的選擇並沒有錯。

只是，聽說不久之後，就聯絡不到那名傭人了。恐怕……不，肯定是因為放瓦利逃走而遭逢不測了吧。

為什麼那名傭人不顧自己的性命也要救瓦利呢？

因為不想失去優秀的路西法血族，那個傭人可能也有他的想法吧。又或許，他是看不慣李澤維姆對瓦利的虐待。

話雖如此，視情況而定，我們也得被迫針對該如何處置瓦利做出抉擇。

神器……乃至於神器系統，並不會挑選持有者。我目睹過好幾起因此而起的悲劇。無法善加運用天神單方面賜予的「奇蹟」——不，是異能，而受其擺布……最後導致自己和周遭的人遭逢不幸。目睹這樣的狀況，甚至讓我感到空虛。

尤其是二天龍所寄宿的神器持有者，由於背負著宿命之戰，往往都度過壯烈的一生，讓持有者以及周遭的人們遭逢不幸的案例非常多。

當時，我認為瓦利或許也已經陷入這樣的脈絡之中了。

在瓦利投靠神子監視者之後，過了幾個月——

瓦利完全沒有對我們敞開心房，不過倒也習慣在設施當中的生活了。於是我決定正式開始嘗試以各式各樣的方式和他交流。

當時，我將那名傭人的狀況告訴了他，只見他驚訝地瞪大了眼睛。然後，他轉過頭去，只冒出這麼一句話。

『…………真傻。』

年幼的他對那名傭人的下場似乎也有些什麼想法吧。

從那之後，瓦利開始主動問我如何使用神器。那個傢伙開始念書、學習教養，同時一點一點展現他出類拔萃的才能。

原本只能夠以類似念波的方式和阿爾比恩交流的那個傢伙，首次和牠出聲交談的時候，他那似笑非笑的表情讓我難以忘懷。

對於家人、自己人的感覺非常遲鈍，卻又在無意識之中冀望不已……我看到的是心中帶有這種矛盾的一個少年。

瓦利繼承了路西法的血統，身上同時又寄宿著白龍皇之力。從出生的那一刻便帶有極其特異之能力的小孩……他的親生父親因此而感到恐懼，便聽從李澤維姆的慫恿而虐待他。

他應該能夠反擊才對。即使對方是親生父親，既然有生命危險，應該能夠憑藉那極其特異的能力抵抗才對。

我這麼問瓦利的時候，他帶著充滿悲哀的眼神這麼說：

『……我不讓那個男人打的話，會輪到媽媽挨打。而且……』

後來瓦利說的那句話，我大概一輩子也不會忘記。

『……那個男人在打我的時候……看起來好像很安心。我感到很害怕，也很痛。我很討厭被打，但我想那個男人也是不得不那麼做的吧。』

瓦利的親生父親對他感到害怕，只有毆打毫不反抗的兒子才能夠藉此感到安心。以路西法之孫的身分誕生的瓦利之父，想必從出生的那一刻開始就是「特別」的存在。然而，這樣的自己所生下的小孩——卻是更超越自己的「怪物」。

他想必打從心底感到害怕吧。路西法之孫這個定位所帶來的壓力，又擔心才能遠超越自己的兒子將來可能暗殺自己。在這種狀況之下，他的父親李澤維姆對他的逼迫，想必也是相當沉重。

瓦利的父親必須透過毆打毫不反抗的兒子，才能夠勉強維持自己的存在。

而那個幼小的少年大概也隱隱約約察覺到這一點。所以才會毫不抵抗地一直乖乖挨打。

——在成長過程中沒有體驗過家人的溫暖，卻也無法完全割捨家人的少年。

瓦利來到我身邊過了一年之後——

開始學會如何運用自己的力量的銀髮少年，技壓同世代的神器持有者，在對自己的力量有了自信的同時，他也開始有了自己的主張以及生存之道。

瓦利對我說：

『阿撒塞勒，我要變得比世上的任何人都還要強。我想搞清楚自己的力量、與生俱來的能力，能夠運用到什麼地步。比李澤維姆、比前路西法……不，我要變得比赤龍神帝偉大之紅還要強。』

因為與生俱來的力量而遭到迫害的少年，選擇了窮究其才能的生存之道。他想要得到的，比起保護他人的力量，更像是要堅持保護自己，不輸給任何人的力量。

這是因為受到二天龍特有的力量所擺布，還是——

『吶，阿撒塞勒。我的宿敵……赤龍帝會是怎樣的傢伙啊？』

銀髮少年這麼問我的時候，雙眼因寄宿著好奇心而閃閃發亮。

幾年後，瓦利終於遇見了赤龍帝。而他的那雙眼，究竟又是如何看待一誠的呢——

Khaos Disaster.

６６６(trihexa)復活之後過了五天，在冥界——

我——阿撒塞勒，和巴拉基勒一起來到惡魔世界的首都莉莉絲，待在魔王城裡。我們在城內的作戰會議室中，和聚集於此的冥界（惡魔陣營、墮天使陣營）領袖們討論著對付６６６的方法。瑟傑克斯因為有別的事情暫時離席，我們的現任總督歐穆赫撒也在神子監視者的根據地直接指揮。

五天前，６６６復活之後，先是前往墮天使的世界，一一破壞了神子監視者的主要設施，然後直接以空間轉移的方式離開。牠進行了跳躍之後——出現在天界，並從天界的前線基地第一天開始，直到熾天使(Seraph)中樞機關所在地的第六天全都蹂躪殆盡。

神子監視者主要設施裡的職員，以及在天界對抗６６６的天使們，多半都已戰死。

我方的幹部——撒哈里勒和蓓內姆內都受了重傷，也有資深部下戰死。

天使陣營的損失更是嚴重。熾天使成員有三名受了重傷，更有報告指出四大熾天使當中的拉斐爾失去了一隻腳，烏列也失去了一隻眼睛和一隻手。自古便存在的天使也有好幾名戰

死。他們成功死守了最上層的第七天，姑且是保住了上帝留下的「系統」……但這樣的犧牲未免也太大了……

會議室的圓桌中央正好在播放當時的戰鬥影片。過分巨大的怪物毫不心軟，毫無保留，七顆頭都從嘴裡噴出火焰。影片裡，神子監視者的設施以及周邊地形就這樣被瞬間燒燬。

天界陣營的狀況也十分悽慘。666噴出的火焰從第一層貫穿到第三層，天界的景觀就此成了業火燃燒的地獄圖。同時又有冒牌赤龍帝軍團以及成群的量產型邪龍跟隨在牠身邊，更是難以抵擋。

除此之外，指揮牠們的還是傳奇邪龍當中實力數一數二的阿日．達哈卡以及阿佩普。與牠們的暴虐之舉比起來，李澤維姆的襲擊根本不算什麼。

……許多黑色羽毛以及白色羽毛就此飛散……

就連米迦勒也不敵666而受了傷。那個傢伙之所以沒有出現在這間會議室裡，也是因為還在治療，同時也因為位於天界的基地遭到破壞殆盡而在負責指揮修復工程。

啟示錄之獸破壞了神子監視者的主要設施以及天界之後，再次進行了空間轉移。666復活之後第三天，牠們的下一個目標是——

「……就連北歐的世界也陷入一片火海了啊……」

巴拉基勒看著圓桌中央的影片，為之顫慄。

北歐的世界是三層結構，最下層有死亡之國赫爾海姆以及冰之國尼福爾海姆，最上層則是眾神居住的亞斯格特——瓦爾哈拉也存在於此。

有著七個頭，全長數百公尺的怪物——666出現在這個領域。

666轉移到北歐世界的最下層之後，便從那裡開始破壞，一天往上一層，在復活之後第五天的今天，終於要抵達第一層——也就是最上層了。

基本上，666移動時是飛在空中，戰鬥時會降落到地上。

那個傢伙的特徵，是人形的姿態——更貼切地說來，是類似靈長類的前傾姿勢，然後有四條極粗的手臂，兩條腿比手臂更粗。雖然沒有翅膀，卻能夠在天上飛。

體表蓋滿了黑毛，變硬如鱗片的部分也隨處可見。那看似鱗片的部分有如鮮血一般紅。全身到處都長出了紅色的突起物——形狀類似犄角的東西。

長在臀部的七條尾巴全都又粗又長，而且形狀全部都不一樣。有獅子的尾巴，也有龍的尾巴，有著各種野獸的特徵。

666與邪龍們所到之處都化為一整片焦土，目光所及全都被燃燒殆盡。

北歐諸神、侍奉瓦爾哈拉的英靈們以及女武神部隊，在這個當下，都為了阻止666軍團而死命抵抗。

……但是，每當666的任何一顆頭吐出凶惡且強大的火焰球，北歐的美麗風景就會整個被炸燬，戰士們也隨之殞落……

飛在666身旁的，是三頭邪龍——「魔源禁龍（diabolism thousand dragon）」阿日·達哈卡。站在阿日·達哈卡背上的，則是人類型態的「原初之晦冥龍（eclipse dragon）」阿佩普。

阿日·達哈卡展開足以蓋滿天空的無數魔法陣（而且魔術式的系統還各有不同），從中發出特大的火焰、冰、水、百雷、暴風等等數也數不盡的屬性魔法的超廣域轟炸。那些魔術全都落在瓦爾哈拉的英靈們身上。

阿佩普對天高高舉起一隻手。非比尋常的氣焰在那隻手上奔騰，天空也隨之變得越來越陰暗。牠正打算以邪龍之力，遮掩從天上照亮大地的光芒。那個傢伙在天上製造出特大的黑暗球體，遮掩太陽，試圖將地表變成漆黑的世界。一旦那個傢伙的術法遮掩太陽就完蛋了。刻印在阿佩普身上的禁術將即刻發動，「原初之水」——漆黑的大河將出現在這一帶，淹沒一切。一旦沾到那種水，即使是神級的存在也會受到相當大的損傷。

為了不讓阿佩普發動魔術，有羅絲薇瑟助陣的女武神大部隊展開魔法陣，試圖妨礙其術式。她們在巨大的黑暗球體稍微侵蝕了太陽的時候便加以制止，一進一退的術式戰就此展開。女武神們非常拚命，阿佩普卻是面帶微笑，看起來打從心底享受著這個狀況。

比起李澤維姆，阿日·達哈卡和阿佩普的實力都遠在他之上。

在這一刻，事件的規模已經遠遠超越了魔獸騷動。

處於和平關係的各勢力大概也很想派幫手到正在受害的神話體系去……但是666軍團完全不把各世界之間的堅固結界當成一回事，任意轉移，讓每個勢力光是堅守自己的領土以備因應襲擊就已經耗盡全力。

話雖如此，惡魔、墮天使、天界都將還能夠動用的戰力派遣到了北歐陣營。負責對付恐怖分子的「D×D」小隊也去了北歐。畢竟奧丁老爺子很照顧他們。在這種狀況下卻沒能派上用場的話，未免太沒面子了。

尤其是「D×D」小隊，這三天來，他們全體動員在北歐戰鬥……要是演變成超長期戰，大概就連他們也撐不住吧。如果能夠找個時間讓他們休息就好了……不過以現況來說相當困難。

魔王之一，法爾畢溫·阿斯莫德說：

「……邪龍牠們即使無法完全破壞各勢力，只要破壞到某種程度牠們似乎也能夠接受。見好就收，去下一個地方再次開始破壞，這樣的做法對我們而言相當難以預測，很難擬定作戰計畫……牠們之所以能夠轉移得那麼順遂，大概是用了阿日·達哈卡的禁術吧。這招很棘手。說不定量產型的冒牌赤龍帝也能夠使用倍增與轉讓，然後藉此強化了禁術？不對，如果是這樣……總之，牠們無論何時，無論何地，都能夠進行跳躍，還不把結界當一回事。如此一來，各勢力之間根本無法互助合作。每個陣營都會以保護自己的國家為優先，以免突然遭到襲擊。」

法爾畢溫嘟嘟噥噥地把腦子裡想的事情小聲說了出來。

賽拉芙露說：

「邪龍小弟們的行動會不會是有人教牠們的啊？乍看之下像是漫無目的的胡鬧，卻給人一種行動相當輕快的印象。感覺像是有某種程度的目測依據，並且藉此依序進攻……」

第一個挑上神子監視者的主要設施，是因為能夠輕易破壞吧。和各勢力的守備相比，儘管技術上較為發達，戰力方面卻令人擔憂。設施規模比起現處的這個莉莉絲也小多了。一旦防線崩潰，就會一口氣垮掉。

既然攻打了冥界的墮天使陣營，大家應該都覺得牠們下一個襲擊的地方會是位於同一個世界的惡魔陣營吧——就在眾人這麼想的時候，牠們便令人驚愕地空間轉移到天界去了。這已經不是出乎意料可以形容的了。看起來只是四處作亂，其實在某種程度上是計畫性進攻。

對此，法爾畢溫說：

「啊——原則上我已經聯絡過希臘陣營，要他們監視黑帝斯了。聽說祂和邪龍阿佩普有點關係，李澤維姆能夠襲擊天界，追根究柢也是告訴他密道的黑帝斯該負責。而且，要是祂像魔獸騷動那個時候一樣趁隙作亂可就麻煩了。對此我們已經和希臘陣營密切合作。如果冥府之神在這種時候出來攪局，只會讓損害擴大而已。還有，我們也在密切監視之前可能和李澤維姆暗中來往的那些人。不過——要是有人在這種狀態之下還要作亂的話，我們也只能和其所屬神話體系的眾神合作，消滅他們了。就算對方是神級的存在也一樣。」

看來，法爾畢溫已經搶先做好各種措施了。

黑帝斯八成和之前李澤維姆襲擊天界那件事有關，監視祂是理所當然的。上次我也和瑟傑克斯帶了兩名神滅具持有者去監視祂。

可疑神祇的代表之一，因陀羅——也就是帝釋天，祂反而是合作到令人發毛的地步。出借給「D×D」小隊的第一代孫悟空也還沒叫回去，而且聽說祂還在考慮派遣更多強者。

……那個戰鬥之神到底在想什麼啊？知道破壞神濕婆在我們背後撐腰之後，祢到底有什麼想法啊？

……算了，現在考慮帝釋天那邊的狀況也無濟於事。

該想的是對策。總之，各勢力都為了保護自己的國家而加強了守備。墮天使陣營為了防備第二次襲擊，強化了現存的主力設施的防禦措施，不希望遭到破壞的研究資料和研究成果也藏到地底深處去了。

真是的，遭到破壞的設施當中也包含了我的研究室耶。那裡還有研究到一半的東西……關於部分神器的研究進度可能要落後了。最嚴重的就是失去了優秀的職員們……可惡，儘管活了幾百年，還是無法習慣這種悔恨。

惡魔陣營則是以首都莉莉絲這裡為首，在各主要都市配置軍隊、警察隊，也請上級惡魔、最上級惡魔和眷屬一起待命。但即使準備到這種程度也還不夠吧。

我們那邊的設施遭到破壞的消息似乎傳遍了冥界，惡魔陣營的一般市民無不聯想到魔獸騷動而嚇得發抖。目前正在疏散惡魔們，然而在這種情況下，各地都相當混亂，現場發生了許多問題。

圓桌的影像當中，可以看見開車逃離城鎮的市民們引發了嚴重的交通阻塞，各地的避難收容設施也都擠滿了心懷不安的惡魔們。別的影像當中更出現了趁亂開始進行破壞活動的惡魔，遭到當地的軍隊鎮壓的畫面。

……到處都陷入了大混亂。讓我痛恨只能在這裡指揮的自己。

早知道會這樣，真應該找傳說生物……像是魔物之王堤豐，或是老大等級的妖怪締結契約，準備新的人工神器鎧甲才對。

……從第一線退休的時機好像有點太快了啊。

——這時，正當我們透過影片關心著北歐的戰線時，現場來了新的援軍。

喔喔！來自印度神話的猴神哈奴曼以及象頭神葛內舍，從天空的彼方帶著無數部下現身了！

此外，就連來自阿修羅神族的阿修羅王伐樓拿也帶著部下抵達了！那些阿修羅神族的傢伙在古早以前和因陀羅，也就是帝釋天，打了一場大戰之後，就不曾公然露面了！結果居然在這種狀況下登場，未免也太帥氣了吧！

或許是因為印度神話在各神話體系當中也是怪物等級的傢伙特別多的一支吧，在那些神祉參戰之後，圍在６６６身邊的冒牌赤龍帝軍團以及無數的量產型邪龍，都在眾神的攻擊下漸漸消失在光芒之中。

話雖如此，６６６身邊還是不斷冒出大量的量產型邪龍，教人應接不暇。羅絲薇瑟開發的那個讓量產型邪龍停止行動的術法依然有效。但是，不知道是因為數量太過龐大，還是牠們對術法有了抗性，那無法成為決定性的招數……幸好冒牌赤龍帝的數量沒有增加。

正當我這麼想的時候……６６６的其中一顆頭，龍形的頭部有了異狀。牠開始作勢要嘔吐！接著，那顆頭用力將湧上來的東西吐在地面上。

——是個形狀圓潤，看起來像顆蛋的巨大物體！

有種不祥的預感……正當我和在場的要人們都這麼想的時候，最糟糕的預感成真了。

看起來像蛋的東西冒出裂痕，從裡面——飛出了大量的赭紅色全身鎧（plate armor）怪物！

…………——！我無言以對……！不知道原理到底是怎樣，不過６６６的龍形頭部，竟然生出冒牌赤龍帝來了！

……或許是李澤維姆那個傢伙改良成那樣的吧。那個混帳，到底要留下多少惡意才甘心

啊……！

不過，有北歐諸神與印度神話諸神加入的戰線，狀況看起來比剛開戰的時候好多了。

話雖如此，明明有這麼多神祉參戰卻無法對666造成值得一提的傷勢，牠的頑強真是叫人咋舌。這就是和偉大之紅一起見名於啟示錄的傳奇野獸的實力嗎……！

就連神級戰力也親上火線的戰爭……對手是超乎常規的怪物，以及無數的邪龍與冒牌赤龍帝……此情此景只教人聯想到末日之戰啊……！

上次見到這種局面已經是三大勢力的戰爭了吧……不，這次甚至更在那之上——

就在這個時候。666陣營的攻擊突然停止了。同時轉移魔法陣也跟著展開，籠罩住那些傢伙，一隻又一隻接二連三從現場消失。

最後，666整個龐然大體也整個轉移離開了。

由於事出突然，待在作戰會議室裡的我們只能為之驚訝，但立刻轉換了想法，開始吩咐部下去探查情報，調查那些傢伙轉移到的下一個目的地是哪裡。

然而，過了好幾分鐘之後，我們依然掌握不到那些傢伙轉移到哪裡去了。不僅如此，就連牠們的氣息也消失得一乾二淨……

『喔喔喔喔喔喔喔喔喔喔喔喔喔喔喔喔喔喔喔喔喔喔喔喔喔喔喔喔喔喔！』

正當我還在因為那些傢伙突然跳躍離開而困惑時，影像中已經傳出勝利的歡呼了。

沒錯，北歐這一戰，總算是防衛成功了。

「看來，北歐是守住了。」

一邊這麼說著一邊走進會議室的，是瑟傑克斯。看來他總算把事情辦完了，並來到會議室就座。

我姑且鬆了一口氣，帶著苦笑對瑟傑克斯說：

「是啊，雖然不知道那些傢伙在想什麼……總之，眼前的戰鬥應該可以算是防衛成功了吧。」

「就是說啊☆」

與開心的賽拉芙露正好相反，法爾畢溫面對邪龍陣營突然撤退一事則是一臉凝重。

「……是聖杯吧？」

……真是的，這傢伙真敏銳啊。我的意見也一樣。我想，恐怕是那些傢伙手上的聖杯產生了異狀，或者是……暫時到了極限吧。我是這麼認為的。被幹掉多少量產型邪龍牠們就又產出多少，然而我不覺得產能會是無限。只有全盛期的奧菲斯，才能稱得上是無限。

不過，在這個時候得到中場休息相當寶貴。我想，各勢力應該都能藉此得到些許時間，來統整武力及情報吧。

瑟傑克斯再次站了起來。

「我們把這件事告訴冥界的大家吧。」

魔王路西法決定對身在各地心懷不安，也充滿困惑的民眾發表談話——

在同一棟建築物內的攝影棚裡，瑟傑克斯與賽拉芙露的臨時插播節目正要開始。我在攝影棚的側邊看著現場的狀況。

兩位魔王將透過所有的頻道，對冥界全境說明這次的事件。

攝影機開始拍攝，坐在桌邊的兩位魔王——由瑟傑克斯先行開口。

『冥界的各位。現在，冥界全境，包括墮天使的領土在內，這個惡魔的世界正面臨前所未見的危機。』

瑟傑克斯的用詞非常淺顯易懂，語氣也像是在溫柔地傾訴。

魔王路西法為國民說明了本次事件的來龍去脈。包括李澤維姆是一切的元凶、他操縱邪龍讓名為666的傳奇魔物復活，以及666正在各勢力的領域作亂——

到目前為止只有我們領袖群目擊的，名為戰爭的現實——也就是神子監視者的設施、天界，還有北歐神話的世界遭受襲擊的影片也跟著播放了出來。

『各位目前所看到的生物就是傳奇魔物666——』

就連神級存在都參加戰鬥的光景，大概會讓一般惡魔們覺得世界末日就要來臨了吧……

接著，影片切換為北歐之戰的戰況一轉，防衛成功，己方陣營發出勝利歡呼的景象。看見這幅光景，惡魔們會怎麼想呢？

瑟傑克斯以北歐戰線防衛成功的影片為背景，繼續說了下去：

『如同影片所示，正在戰鬥的不是只有我們惡魔。除了處於同盟關係的墮天使以及天界的各位之外，就連其他神話勢力也接連派出可靠的同伴趕赴戰線。666與邪龍們的戰力極為龐大。雖然一度成功擊退了牠們，但牠們恐怕又會立刻現身，再次展開破壞行動吧。這起戰鬥的規模，將超越幾個月前的「魔獸騷動」。不過，大家不需要擔心。我希望大家可以堅強起來。因為，我們還有希望之星。』

出現在影片當中的，是年輕的精銳們。胸部龍一誠、開關公主莉雅絲、大王家的繼任宗主塞拉歐格、天界的鬼牌杜利歐等等，出現在畫面當中的都是冥界的國民們也相當熟悉的成員。

『——沒錯，以反恐小隊「D×D」為首，我們惡魔世界最引以為傲的勇猛戰士們，也將為了保護這個冥界以及居住在這裡的國民，乃至保護各勢力的世界，而賭上性命應戰。』

賽拉芙露也從一旁探頭，對著鏡頭露出笑容。

『沒錯！各位！我也會站上最前線，所以各位不需要擔心！』

瑟傑克斯也因為賽拉芙露的動作而露出微笑，同時這麼說：

『我們一定會保護這個冥界，以及居住於此的各位。即使要賭上性命，我也一定會保護你們。』

瑟傑克斯這番強力的話語……看見剛才出現在影像中的一誠他們的模樣，惡魔百姓們會怎麼想呢？

好吧，至少，比起讓沒什麼可信度的我上電視發言，由瑟傑克斯說出那些話更能夠讓他們放心好幾百倍吧。

瑟傑克斯與賽拉芙露的插播，在這之後也繼續論及現狀和今後的狀況，還有排名遊戲的弊端，用了好幾十分鐘為國民們說明這一切——

節目結束之後，瑟傑克斯與賽拉芙露離開了座位。

我找賽拉芙露搭話道：

「妳在這種時候還是一點都沒變嘛，賽拉芙露。」

賽拉芙露一如往常地比出打橫的勝利手勢——然後臉色一變，換上鬥志高昂的神情。

「正因為是這種時候嘛——好吧，我也該去前線了。」

瑟傑克斯輕輕笑了一下。

「我老是給妳和妳的眷屬添麻煩呢。」

「真是的，別說那麼冷淡的話嘛。我們都已經共事這～～麼久了不是嗎？而且，就是要在這種時候有所行動，更能夠讓我打從心底產生『我也是魔王』的自覺嘛。」

我對賽拉芙露說：

「我也會把我們這邊的幹部派到你們的陣營來。天使那邊好像也會派熾天使級的援軍過來。感覺就像是提早了一點的末日之戰呢。」

天使、墮天使、惡魔，三方攜手合作，組成聯合戰線——不久之前根本無法想像這種事情會發生呢。

賽拉芙露咯咯笑了幾聲。

「和傳說不一樣的，就是大家都是好朋友了吧☆真是不錯！」

賽拉芙露向瑟傑克斯問道：

「小瑟傑克斯要怎麼辦？」

她這麼問是「魔王路西法也要親自上陣嗎？」的意思吧。

瑟傑克斯也轉而露出英勇的表情，點了點頭。

「——當然也會踏上戰場。我也想盡『魔王』的職責啊……不過在那之前，我還有點雜事要辦。」

瑟傑克斯也會上陣——我想，他應該會展現出真正的模樣吧。這場戰爭就是如此艱難。

賽拉芙露確認了這件事之後，說了聲「那我走啦！」便快步離開了現場。

我和瑟傑克斯就這麼被留在原地。瑟傑克斯輕聲問我：

「——那個計畫隨時都能夠實踐嗎？」

他指的是以我們三大勢力為中心所準備的……某個「作戰計畫」。

「是啊，其他的主神也都答應了。接下來端看你們魔王怎麼決定。不過，就算你們說辦不到，到了緊要關頭，我們也會自己執行。」

假如那個「作戰計畫」發動了……將會變得非常艱困且難熬。要發動那個，實在不應該將瑟傑克斯和米迦勒他們牽連進來。

然而，瑟傑克斯揚起嘴角，露出微笑。

「都已經走到這一步了，我們當然是命運共同體啊。」

「……不需要勉強喔。吶，瑟傑克斯。你並不是原本的路西法……你的真名是『瑟傑克斯．吉蒙里』啊。我這麼說不是要貶損你，只是——」

你也不需要把「路西法」之名看得那麼重吧？——我一直都這麼覺得。

這個傢伙以惡魔來說還很年輕。是個還沒活過一千年的小夥子。然而，這個傢伙卻打算為了冥界而奉獻自己的性命。

……他不是出生在路西法家的人。純粹只是個力量強大的貴族少爺罷了。

瑟傑克斯抬頭看著天花板，瞇起眼睛。

「我知道。我和阿撒塞勒的立場變成能夠像這樣對話之後只過了短短半年左右……不過，我自認對你很了解。墮天使之長，比大家想像中的還要溫柔。」

別這麼說嘛。這樣會害我在「那個時候」更難做出決定啊……

瑟傑克斯繼續說了下去。

「我們的後顧之憂總會有人設法解決。阿撒塞勒，我們現任魔王總算在不久之前全都同意了接下來的制度。」

這樣啊，他們連那個也答應了是吧。

你這個傢伙真的完全想著事有萬一的狀況在行動呢……

我這麼表示：

「貝爾芬格、瑪們也就算了，另外那個才剛闖下大禍呢。應該得再過一段時間，或是得到國民的諒解才行吧。」

「不過，也找不到其他更適合的了吧。」

忽然，瑟傑克斯露出落寞的表情。

「最可惜的……是我無法親眼看見『那個專案』成真了吧。我真的很想親眼看到他們的比賽——」

我也抓了抓後腦杓。別說那種話啦，瑟傑克斯。

「別這麼說嘛，好不容易才下定決心的我都有點動搖了……算了。所以呢，你都交接完了嗎？」

「完成了，『他』會留下來。」

「這樣啊。哦，所以他才不在這裡嗎？如果是這樣的話，『那個專案』就不成問題了，肯定辦得起來。」

正當我和瑟傑克斯為了未來的事情相視而笑的時候，有個人出現在我們的眼前。

是個金髮少女。眼睛像鮮血一樣紅。是吸血鬼。我認得那個吸血鬼少女。這也是理所當然的，畢竟在吸血鬼國度發生那個事件的時候，我曾經見過她。

而且，我正在期待那名少女到來。

「喔喔，是愛爾梅希爾德啊。」

聽我這麼說，愛爾梅希爾德．卡恩斯坦微微點頭示意。

沒錯，她是吸血鬼卡蜜拉派卡恩斯坦家的千金，愛爾梅希爾德。那個態度非常高傲的金髮吸血鬼少女。

不過，她之前那種傲慢的態度已經收斂了不少，隱約多了幾分虛無縹緲的氣息。畢竟卡蜜拉的國度遭受了嚴重的損害，面臨必須從頭開始重建國家的狀況。而且，據說卡蜜拉派的貴族面臨國家存亡的危機也已經顧不得形象，到處尋求援助。

聽說，這個女孩成了救援的尖兵被派遣到各地，為此相當勞心傷神。

一誠之前好像也為了某種原因見過她……還說她整個人的感覺就像這樣大不相同了，讓一誠相當吃驚呢。

愛爾梅希爾德看向瑟傑克斯。這個動作是在詢問能不能在這個時候談事情吧。我左右揮了揮手表示「沒問題」，要她繼續。

她拿出一個帶有插頭的儲存媒體交給我。

……果然有啊。

愛爾梅希爾德說：

「正如前總督大人所說，我們找到了馬流士．采佩什藏起來的研究資料。」

沒錯，我就是在找那個。可能連李澤維姆也不知道的，關於聖杯的資訊。

身為吸血鬼王子的馬流士．采佩什曾經調查並研究過瓦雷莉的聖杯。

我一直有個疑問。馬流士對於聖杯的知識，真的全都被李澤維姆搶走了嗎？

憑馬流士的器量，確實只有被李澤維姆欺騙、利用的份。然而，身為血統純正的吸血

鬼，而且還是繼承了王家血統的吸血鬼，有可能眼睜睜看著自己的研究成果被其他種族全部搶走嗎？

他應該藏了一兩樣深入聖杯核心的重要資料才對，我一直都這麼覺得。

於是我透過自己的管道派遣調查員，並委託和當地的卡蜜拉派展開共同調查。從采佩什王宮的每個角落，甚至連和馬流士有關的人們的私生活都全部查過了一遍。

愛爾梅希爾德說：

「馬流士．采佩什的食糧專員——也就是提供鮮血給吸血鬼的人類，其中一個帶著未公開的聖杯資料……那個人身上刻著術式。」

這樣啊，馬流士將他的研究的機密資料寫成術式，刻在他用來吸血的人類身上是吧。

「他似乎在邀請李澤維姆．李華恩．路西法進入國內之前沒多久，解除了那個人的食糧專員職務，並將那個人放逐到國外，因此我們找得很辛苦。」

——愛爾梅希爾德繼續這麼說明。

馬流士那個傢伙還真是準備得相當周到啊。在李澤維姆抵達以前就將機密資料送到國外去了……那確實夠難找。

我看著儲存媒體說：「辛苦妳了，真的幫了我很大的忙。」如此向愛爾梅希爾德道謝。

「妳要不要順便去見一誠一面？他正在這片領土內的醫院接受治療……」

我對愛爾梅希爾德這麼說，少女便紅了臉。

「為、為、為、為什麼要在這種時候提到赤龍帝的名字！我、我和他又、又沒關係！」

哎呀，反應很不錯嘛。

聽說她和一誠重逢的時候發生了一些事情，我心想搞不好是這麼回事，試著套話，結果還真的被我料到了！真是的，一誠那個傢伙，又自然而然讓不同種族的女孩為他傾心了。那個傢伙真的非常受到非人類種族的女孩，以及個性奇怪的女孩所喜愛呢。

愛爾梅希爾德平復了心情之後，行了個禮，說聲「我先告辭了」之後便離開現場。

好啦，馬上來分析看看這個有關聖杯的新情報吧。還有，刃狗(slash dog)——鳶雄從阿格雷亞斯帶回來的東西，我也想在時間允許的範圍內試著調查。我叫鳶雄去調查我有點好奇的事情……結果不出我所料，找到了「某樣東西」。

順道一提，我們在掃蕩了邪龍之後回收了阿格雷亞斯。之後，我們將其送回原本的地方——阿加雷斯領，交由研究單位進行調查。

瑟傑克斯對我說：

「那麼，我去找眷屬聊聊好了。」

「那我去見見那些傢伙啦。」

況且一誠在和李澤維姆交戰之後一直沉睡不起，他的病情也讓我很掛心。差不多該醒來了才對啊。

去了北歐的「D×D」成員應該也都會因為擔心一誠的狀況而到醫院去吧。

……我嘆了口氣之後，對瑟傑克斯說：

「看來我們得相處很長一段時間了呢。」

「和阿撒塞勒在一起的話，肯定不會無聊吧。」

「應該還會跟著一個愛嘮叨的天使長就是了。」

我們對著彼此輕輕笑了一下之後，就各自離去了。

走在走廊上，我看著手上的儲存媒體，得意地揚起嘴角。

好了，李林。之前你已經讓我們吃了好幾次苦頭。

在吸血鬼國度見面，著了你的道，接著又被你搶走了阿格雷亞斯，連天界都被攻打了。

不過，該怎麼說呢，我——還有我們，可不會每次都讓你稱心如意。

這次我要阻止你。

即使得賠上我這條命——

Life.1　於皇獸宴會之中

我——木場祐斗才剛結束了一場大規模的戰鬥，回到惡魔世界的首都莉莉絲來。

在北歐與666一戰，好不容易防衛成功的我們「D×D」成員暫時解散，回到各自的崗位上。

杜利歐先生他們天使組回到正在進行修復的天界基地。塞拉歐格．巴利先生與絲格維拉．阿加雷斯小姐為了鎮壓冥界國內的暴徒，在結束了治療之後立刻趕往現場。蒼那前會長與她的眷屬也跟去了。

而包括我在內的吉蒙里眷屬，則是來到位於首都莉莉絲的「賽拉芙露紀念醫院」。冠上賽拉芙露．利維坦陛下之名的這個設施有著首屈一指的醫療設備及人員，在冥界也是數一數二的知名醫院。

一誠同學為了接受治療，目前在這裡住院。

約莫五天前，在阿格雷亞斯戰鬥時，一誠同學為了救出他的雙親，覺醒了龍神化的能力。然而，那種強化的反作用力之凌厲，在解除了變化之後全都浮現了出來。

首先，他體內的器官幾乎都處於停止運作的狀態，心臟等等的重要部位也只是勉強還在動的狀態。就連愛西亞同學的恢復能力也完全不管用，可見龍神化的反作用力對他造成的影響有多麼嚴重。

被送進醫院之後，一誠同學立刻住進加護病房，全身接上各種生命維持器。

大家都一臉悲愴地注視著加護病房裡的一誠同學。愛西亞同學也只能看著一誠同學，不斷流下斗大的淚珠。

一誠同學一直處在無法預期的危險狀態——

即使在這種情況下，666與邪龍軍團依然持續發動恐怖攻擊。先是神子監視者的主要研究設施遭受襲擊，接著就連天界也遭到破壞。

面對牠們迅雷不及掩耳的襲擊，我們為之戰慄——

在一誠同學被送進醫院過了半天之後。人在魔王城的作戰會議室裡的阿撒塞勒老師忽然聯絡了醫院。

——你們去收集一樣東西，然後把一誠放進去。

據說老師是這麼交代的。

負責的醫療人員們儘管滿心狐疑，還是遵照墮天使之長的命令，在醫院裡面到處搜刮那樣東西。

——也就是母乳。

醫療人員懇求婦產科，請正在住院並且能夠泌乳的母親們提供乳汁。然而，只靠院內的母乳無法達到阿撒塞勒老師指定的量，所以他們還請首都的其他醫院分送過來，準備了相當程度的量。

醫療人員們儘管困惑，還是將母乳注入容納得下一個人的容器內，並且加入五份不死鳥的眼淚，攪拌均勻。

如此一來，便完成了混合母乳與不死鳥的眼淚的溶液。

阿撒塞勒老師表示，要將一誠同學泡進這種溶液裡面。

這個狀況未免也太瘋狂了。竟然有人說要將發揮了無限之龍與夢幻之龍的力量，因而身心受到重創的少年，這麼一個以機械維持生命的重症患者，泡到母乳裡面去。

然而，卻沒有任何人否定這項腦袋有問題的提案。沒有任何人阻止。我想，大家的想法肯定也和我一樣吧。

——說不定，這招真的能夠奏效。

依照常理來說，這種想法實在很有問題。但是，要是把「一誠同學」、「乳汁」這兩個關鍵字湊在一起會怎樣呢？

再也沒有比這個更能夠激起奇蹟的組合了吧！

忽然，小貓隨口這麼說：

「……這麼說來，最近一誠學長這麼說過。」

——我總覺得喝牛奶能夠消除疲勞呢。

她說一誠同學曾經這麼提過。這個情報讓期望變成了確信。

在眾人的看顧之下，程序開始了。

——接著維生機器的一誠同學，直接被泡進母乳裡面。

即使有口罩遮掩，醫療人員們臉上困惑至極的神情依然明顯可見。

將一誠同學泡進混合了母乳與不死鳥的眼淚的溶液之後，過了幾分鐘——

生命維持器的心電圖產生了顯著反應！

主治醫師大喊：

「怎麼可能！直到剛才，他的所有器官都還處於沒有機器就無法運作的狀態啊！只、只是泡進母乳裡面，就開始發揮正常功能了嗎！」

這也難怪。以醫學無法完全預料的現象，正在我們的眼前發生。

後來，一誠同學也開始正常呼吸，身體狀況開始急速恢復，進展到隨時有可能清醒過來的狀態。

簡直就是奇蹟。不，應該說是必然吧？對於人稱胸部龍的一誠同學而言，只要和胸部有

關的一切都是他的武器，都是他的食糧——

眼見一誠同學逐漸恢復，女性社員們都在加護病房前面嚎啕大哭了起來。

莉雅絲前社長說：

「……嗚嗚，真是太好了！從今天開始，我要讓一誠每天喝牛奶！」

朱乃學姊也附和道：

「……是啊，打造一座專屬於一誠的牧場，開始養牛吧！」

愛西亞同學也一邊擦眼淚一邊說：

「我！等到我可以分泌母乳之後，我也要餵給一誠先生！我希望治療一誠先生永遠都是我的工作！」

「很好！讓他喝越多越好！因為乳汁的營養價值很高嘛！沒錯，母乳就連赤龍帝也治得好！」

潔諾薇亞也一邊哭，一邊大聲做出這種莫名其妙的發言。

蕾維兒小姐和羅絲薇瑟老師、加斯帕也擦乾眼淚，總算露出笑容來了。

「雖然搞不太懂，不過這樣很有一誠先生的風格呢！」

「真的，雖然搞不太懂，不過總算可以放心了。」

「太厲害了！不愧是一誠學長！」

小貓也流著安心的眼淚，同時這麼說：

「……可是，還是太差勁了。」

——有個赤龍帝可以靠母乳復原。

……這種事情我應該上哪找誰說去啊，一誠同學……

……總之，等到恢復和平之後，我再做奶油濃湯和你最喜歡的起司蛋糕給你吃吧。我想，只要是乳製品一定都對你有幫助吧！

一誠同學的雙親也紅著臉看著這個狀況。

「……這明明是一件值得高興的事情啊！我傻眼到淚流不止啊，孩子的媽！」

「……他小時候母乳也喝得很多嘛。這個孩子真是的，從那時開始就是這樣……！不過，真是太好了！」

一誠同學的父母親儘管有些害臊，卻也真心為兒子的復原感到高興。

後來，一誠同學的狀況穩定了下來，機器也都立刻全部拆光，住進了專屬的個人病房。他的意識尚未清醒，不過６６６可不會等人。那些傢伙接著將惡意的矛頭指向了北歐。我們是獲選為反恐小組「Ｄ×Ｄ」成員的戰士們。這個任務十分重大。我們將意識完全沒有恢復的一誠同學交給他的雙親照顧，前往戰地。

……然後，好不容易成功防衛住北歐世界的我們，現在回到了這間醫院。來到醫院的成

員是以神祕學研究社為中心，只有伊莉娜同學為了重建天界的前線基地，暫時和我們分頭行動。

剛才，瑟傑克斯陛下的緊急插播節目也在冥界全境播放，醫院的櫃檯附近也可以看見病患和家人彼此傾訴不安。

情況已經嚴重到在醫院裡到處都可以聽見「戰爭」、「避難」等關鍵字了。為了消除惡魔百姓們的不安，我們也得奮起才行。

……正因為如此，我們也需要你的力量啊，一誠同學。

好了，一誠同學在那之後到底怎麼了呢……莉雅絲前社長找入口櫃檯的護士詢問了一誠同學的狀況。

結果──

「這是真的嗎！」

聽了莉雅絲前社長的回報之後，愛西亞同學如此大喊。她隨即想起這裡是醫院而摀住了嘴……但還是因為感慨萬千，開始流下喜悅的淚水。

從她的反應來看，一誠同學應該已經醒過來了！

我們立刻趕往一誠同學的病房──

走進病房，我看見的是——挺起上半身，坐在床上看電視的一誠同學，以及他的雙親。

看來在我們去北歐的這段時間內，一誠同學已經恢復意識了！明明原本傷得那麼嚴重，現在卻已經可以挺起上半身了……讓人不得不佩服阿撒塞勒老師那個奇葩的治療方式……不，那招應該是只對一誠同學有效的恢復手段才對……

一誠同學原本一臉認真地看著螢幕，不過在發現我們走進病房之後就轉過頭來。

一誠同學帶著笑臉向我們打招呼。大家都走到他身邊，露出放心的笑容。

「啊，大家都來啦！」

朱乃學姊以手指拭去淚水。

「……幸好你沒事……要是一誠死了，我……」

朱乃學姊在北歐之戰當中表現得相當堅強，對邪龍軍團發出特大號的雷光龍。然而，她也是隊伍中精神比較脆弱的一個人。在「魔獸騷動」的時候，面對一誠同學生死未卜的狀況，朱乃學姊那生不如死的模樣真教人不忍卒睹。

比起那個時候，朱乃學姊的精神力似乎已經變強了許多。

其他女性成員也一樣。在前往北歐的時候，大家一直到最後都還在擔心一誠同學，但是一旦進入戰鬥就一個比一個還要驍勇善戰。就連一誠同學的經紀人蕾維兒也展開火焰之翼對付邪龍，展現華麗的戰鬥。

身為吉蒙里男生的加斯帕更是表現得像是「我要連一誠學長的份一起毆打敵人！」似的，變身為黑色的野獸——巴羅爾的化身，豪邁地揍飛了許多量產型邪龍。

不僅吉蒙里眷屬如此。西迪眷屬、巴力眷屬，以及其他的「D×D」成員也是，大家都拿出要連同一誠同學的份大打一場的氣概，參與北歐之戰。

還有我也是——

看見他充滿朝氣的模樣，大家都鬆了口氣。

一誠同學對莉雅絲前社長說：

「不好意思，都怪我變成這樣，好像給大家添麻煩了……」

莉雅絲前社長握著一誠同學的手，露出微笑。

「沒關係的。你經歷了那麼激烈的戰鬥，還救了自己的父母親。不僅如此，更給予了那個李澤維姆致命的傷害……大家讚揚你都來不及了。」

聽莉雅絲前社長這麼說，一誠同學露出苦笑。

「我在新聞上看到了。李澤維姆好像被打倒了對吧？是瓦利了結的嗎？」

莉雅絲前社長回答了他的問題。

「最後解決他的是法夫納。」

聽了這句話，一誠同學先是吃了一驚，隨即又像是能夠理解的樣子。他仰望天花板，輕聲自言自語。

「……說的也是，法夫納啊。他可是打過愛西亞的傢伙，當然饒不了他。」

看來一誠同學對黃金龍王頗有同感。他接著又這麼問：

「尼德霍格呢？」

結果，那隻邪龍後來就被克隆．庫瓦赫給收拾掉了。他展現出壓倒性的戰鬥力，完全不需要我們的協助。從頭到尾，尼德霍格都只有嚇得發抖的份。

聽了這個結果，一誠同學也點頭表示：「也是啦，那個傢伙怎麼可能打得贏克隆．庫瓦赫嘛。」

話說回來，從剛才開始一誠同學就……一直眨眼眨得很用力，令我相當介意。他的視線……對準的是女生們的胸口……照理來說，這是他的正常表現沒錯。但是不知怎地，看著胸口的他，一下歪頭，一下瞇起眼睛，一下又用手指揉眼睛。

看他的動作，簡直就像是眼睛看不清楚似的。

其他人也都發現了他這個動作，愛西亞同學便開口詢問：

「一誠先生……？你怎麼了嗎？」

她似乎是對一誠同學的動作感到不解。

一誠同學又眨了好幾下眼睛，同時看著女生們的胸口說：

「唔嗯——不知道是怎麼了，莉雅絲和愛西亞、朱乃學姊、潔諾薇亞……應該說，女生的——」

說到這裡，一誠同學一副話哽在喉嚨，說不出來的樣子。

「……咦，說不出來？奇怪，我的腦袋明明就知道要說什麼……呃，ㄒ……」

他想說某個詞彙。而且，我猜應該是「胸部」吧。剛才他想說的，大概也是「女生的胸部」之類的。

一誠同學歪著頭，把手放在喉嚨處，再次開了口。

「ㄒ——可惡，說不出來！ㄖ——……為什麼？ㄋ——……不會吧，短短兩個字的詞彙也說不出來嗎……！」

他拚命想說出「胸部」、「乳房」、「奶子」等等有關女性胸部的詞彙，但是話一直哽在喉嚨，完全說不出口的樣子。

大家再怎麼樣也察覺到這個狀況有多麼異常，表情越來越僵硬。

蕾維兒小姐說：

「一誠先生，難道……和女性胸部有關的詞彙你都說不出口嗎？」

對於她的問題，一誠同學靜靜點了頭。

然後，他說出令人驚愕的事實。

「……不僅如此，不知道為什麼，說不出口的女生的那個部分……我連看也看不見……感覺像是視野有一團霧氣似的，就只有那裡我完全無法識別……！」

『──────！』

……他如此坦白，讓在場的所有人，包括他的雙親在內，都驚嚇不已！那當然了，他比任何人都還要喜愛且熱烈冀望著女性的胸部，最後更成為以胸部完成進化的赤龍帝。

他好幾次引發了和胸部有關的奇蹟，一路走來無論是怎樣的強敵都藉此擊破，是他自己和大家都承認的「乳龍帝胸部龍」。

而這樣的「胸部龍」……居然感覺不到胸部？說不出胸部？甚至無法識別胸部了嗎！

一誠同學的父親說：

「我可沒聽說過有這種病！而且，你看得見你老媽的胸部對吧？剛醒過來的時候，你也沒有任何異常啊？」

一誠同學看向他母親的胸口。

「是啊，老媽的我看得到。可是，女護士的那個也一樣模模糊糊的……那個時候我才剛醒過來，所以我以為是因為剛睜開眼睛，視力真的還很模糊……」

然後這麼回答。

這該說是母親的存在果然很偉大嗎？

接著，一誠同學看向小貓。

「還有，小貓的也和平常一樣看得見……」

這……

「這是因為……我的胸部太小了嗎……？」

小貓冷眼瞪著一誠同學。

……很遺憾的，這個可能性很高。根據我的推測……不，任何認識他的人應該都會想到同一個答案，就是他現在只能夠識別母親的和尺寸比較小的女性胸部，除此之外的女性胸部——他都無法以肉眼辨識。

這種症狀，我還真是沒看過也沒聽過。要說很有他的風格是也沒錯啦……

這時，一誠同學突然按住頭。

「……唔！光是想像那個，我的頭就痛到像是要裂開了！」

『——！』

這番發言又讓大家驚訝不已！怎麼會……！光是在腦袋裡面想像就會這樣嗎！

加斯帕將拿在手上的東西拿了出來。是在醫院的便利商店購買的……A書。

「學長！這是學長最喜歡的冥界雜誌，最新一期的『美乳惡魔Go To Hell』！」

那是一誠同學會買來看的冥界A書。

一誠同學就這麼在雙親眼前打開書翻了起來。

但是，他立刻押著胸口，看起來很痛苦的樣子！

「……可惡……！全身上下都好痛……痛得像是要爆開來了！雖然不是完全無法忍受，但是我實在無法直視！」

一誠同學最喜歡的A書從他的手裡滑落到地板上！

「狀況不太對，請主治醫師過來好了。」

莉雅絲前社長正打算按下護士鈴的時候——

「我已經安排好了。」

一道熟悉的聲音從門那邊傳了過來。大家轉過頭去，看見的是帶著醫生和女護士來到病房的阿撒塞勒老師。

醫生和護士開始確認一誠同學的狀況，同時阿撒塞勒老師也開始這麼說：

「一誠的身體之所以出現異常狀況，是因為龍神化的影響。」

和李澤維姆·李華恩·路西法戰鬥的時候，一誠同學和失去意識的奧菲斯的精神彼此接觸，使得無限之力在他身上顯現。那股力量極為強大，就連人稱超越者的李澤維姆也被逼迫到絕境。

但是，戰鬥結束之後，他的身體狀況出現了異常，差一點就死了……也就是說，即使性命被母乳救了回來，龍神化的反作用力依然殘留在一誠同學身上嗎……

老師繼續說了下去：

「你無法辨識女性的乳房了對吧？就連相關的詞彙也說不出口。一誠曾經好幾次透過有關乳房的事物引發奇蹟。結果，一誠本身也成了乳房的體現者。而龍神化，是一種誇張到了離譜地步的強化狀態。畢竟，儘管只是暫時的，那還是讓無限之力寄宿在身上。如果是尋常的惡魔或龍，只要幾秒鐘身體就會承受不了而變得四分五裂吧。正因為是得到了偉大之紅的肉體的一誠，身體才足以支撐到能夠揍扁李澤維姆。不過，那也已經是極限了。得到無限之力那種東西，不會受到反作用力影響才奇怪。我想，正因為是以女性乳房為食糧的你，受到的影響才會是視為食糧的要素反而變成了劇毒。雖然我親眼看到的只有你想看A書卻痛苦掙扎，不過我的推測應該沒錯吧。」

聽了老師的這番話，沒有任何一個人反駁。

奧菲斯的無限之力——人稱世界最強、過於強大的力量，儘管只是暫時的，但只要那種力量進入體內，無論是何種生命體，受到反作用力的影響感覺也是理所當然。不過，無法辨識胸部，對一誠同學而言是攸關生死的問題吧？那麼好色的一誠同學……居然連看也看不到（小貓以外的）女性成員的胸部了！

莉雅絲前社長向老師問道：

「……這個狀態是暫時的嗎？」

「不，這個不清楚。有可能會持續到永遠，也有可能明天就復原了。現在唯一清楚的一件事……就是別再使用龍神化的能力比較好。這次好不容易救回來了，但是下次會怎樣還很難說。如果覺得只要有母乳就可以得救，抱持這種天真的想法再次使用那種力量的話，到時候不只無法辨識胸部，可能就連臀部和大腿也是，甚至光是看到女性就會死掉也說不定。」

聽老師這麼說，一誠同學突然飆淚。

「看到女生也認不得？光是看到女生就會死掉？這……這樣……這樣未免也太難熬了吧！根本就和叫我去死沒兩樣！」

一誠同學放聲痛哭。這明明是個非常嚴肅的場面……卻隱約有種讓人不知道該說什麼的氛圍……

奇怪？有這種感覺的只有我一個嗎……？不，不對。只有我和阿撒塞勒老師以及醫生顯得有些困惑，其他人都是一臉凝重。

醫生一臉不知道該說什麼才好的樣子。非常抱歉，照理來說惡魔的疾病當中應該沒有這種症狀吧……

潔諾薇亞大喊：

「可惡！這樣根本不像一誠啊！再這樣下去就連生小孩也……！」

這種事情不應該說得那麼大聲吧……這裡可是醫院耶……不，這裡也有婦產科沒錯……但問題不是這個啦……

莉雅絲前社長將意志消沉的一誠同學摟了過去。

「啊啊，我可憐的一誠……現在就連讓你摸胸部也不可以了……」

溫柔的莉雅絲前社長給了他一個擁抱。一直以來，前社長的擁抱總是能夠撫慰一誠同學和我。但是——

「咕哇啊啊啊啊啊啊啊啊啊啊啊！」

一誠同學突然放聲慘叫！

「……好痛！莉雅絲的……那個碰到的地方，好痛！我心裡是很高興，但是疼痛的感受卻更加強烈！」

他都痛到表情扭曲了！怎麼會這樣！只是被莉雅絲前社長……被他最愛的女子摟了一下，胸部稍微碰到一下而已，就會痛成那樣嗎！

看見一誠同學的反應，護士介入了兩人之間。

「請不要刺激病患！」

兩人被隔開了。莉雅絲前社長……看起來打從心底受到打擊的樣子！狀況嚴重到連摟抱一下都不行，想必讓她說不出話來了吧。

就在這個時候——

沒關掉的電視裡傳出了那首歌。大概是電視台為了不安的小朋友們播放的吧，那首歌就這麼在一誠同學的病房裡迴響。

——是胸部龍之歌。

♪

在某個國度的角落

有隻最喜歡胸部的龍住在那裡

♪

「……唔！嗚嗚……」

聽見那首歌，一誠同學壓住胸口，看起來相當痛苦。

♪

天氣晴朗時總是外出散步找胸部☆

胸部龍　胸部龍　他是胸部龍

揉捏揉捏　吸吸吸吸　磨蹭磨蹭

♪

「……揉、揉捏……嗚咕啊啊啊！」

一誠同學倒在床上，掙扎了起來！

♪

世界上有各式各樣的胸部

不過　還是最喜歡大胸部

♪

「……沒、沒錯，我最喜歡……大的……嗯啊啊啊！」

他壓著頭，痛到表情都扭曲了！

♪

胸部龍　今天也要飛

♪

在某個城鎮的角落

有隻最喜歡胸部的龍在這裡歡笑

風雨交加的日子戳了胸部精神就變好☆

胸部龍　胸部龍　他是胸部龍

戳刺戳刺　陷陷陷陷　呀啊——

♪

「陷陷陷陷……呀啊啊啊啊啊啊啊啊啊啊！」

他像是在呻吟似的唸唸有詞之後，發出了連其他病房都聽得見的慘叫。

然而，他伸出雙手的食指戳空氣，像是想要按壓什麼。

♪

到處看過好多好多的胸部

不過 還是最喜歡大胸部

胸部龍 今天也要戳

♪

胸部龍之歌接著唱到第三段、第四段。一誠同學的狀況也跟著逐漸惡化。

♪

在某個海邊的沙灘

有隻最喜歡胸部的龍在這裡玩耍

♪

看見最喜歡的學長變成這樣，加斯帕也走到他身邊，聲淚俱下地說：

「一誠學長！請你像平常一樣手舞足蹈吧！這是胸部龍之歌耶！」

「……其實啊，小加，一誠學長沒有那麼喜歡這首歌……而且現在的狀況也不對。」

小貓則是冷靜地吐嘈他。

♪

夏天的海邊有好多胸部好多夢想☆

胸部龍　胸部龍　他是胸部龍

彈來彈去　晃來晃去　搖來搖去

♪

「海、海邊，晃來晃去……搖搖，彈來彈去……」

一誠同學擠出顫抖的聲音。

或許他是回想起夏天的時候，大家在池畔度過的時光，還有去海邊玩的時候的記憶了吧，只是聲音已經聽起來像是在囈語了！

「不好了！一誠抖得好厲害！」

潔諾薇亞也非常不知所措。

♪

包在泳衣底下也是好胸部

不過　還是最喜歡大胸部

胸部龍　今天也要衝

♪ **有一對胸部的乳溝** ♪

面對不停呻吟的一誠同學，莉雅絲前社長和朱乃學姊都哭著牽起他的手。

「一誠……」

「一誠！」

一誠同學的視線一瞟——看向她們兩位的胸口。那裡有著他極為喜愛的，兩位大姊姊的胸部——

他過去曾經這麼對我說過。

『吶，木場，如果莉雅絲和朱乃學姊兩個人的胸部同時蹦出來，在你眼前晃來晃去的話，你會先戳哪一個的？嘿嘿，我偏偏就是要同時戳。這樣才是我想要的人生——』

他總是這樣對我闡述他對胸部的堅持。然而——

♪ **讓那最喜歡胸部的龍墜入了情網** ♪

一誠同學抱著頭再次放聲慘叫。

「呀啊啊啊啊啊啊啊啊啊啊啊啊啊！我的頭快裂開了——！」

終於連鼻血都流了出來，甚至還口吐白沫！

♪

開關公主有一對非常完美的胸部☆

胸部龍　胸部龍　他是胸部龍

揉捏揉捏　戳刺戳刺　搖來搖去

世界上有好多好多的胸部

♪

意識變得越來越模糊的一誠同學環顧女生們。

最後，他的視線停在他最愛的人——莉雅絲前社長身上。

♪

不過　還是最愛開關公主

♪

一誠同學勉強揚起嘴角，笑了一下之後——

♪

胸部龍　今天要睡覺

♪

便無力地倒在病床的枕頭上了。

「一誠？」

「一誠先生！」

「一誠！」

「學長！」

「一誠先生！振作點！」

大家看見一誠同學昏倒，都驚慌失措了起來！護士連忙開始將放在病房裡緊急備用的生命維持器接到一誠同學身上。

♪

到處見過各式各樣的胸部

再怎樣還是最愛開關公主

胸部龍　明天也要飛

♪

四段歌詞都唱完之後，一誠同學的雙親關掉了電視——

「胸部龍之歌」對一誠同學而言，已經變成了劇毒……

這天，我們發現一誠同學快要失去非常重要的，足以撼動他的存在價值的事物——

在那之後過了兩個小時，一誠同學才恢復了意識。

狀況比較穩定之後，他接受了愛西亞同學的恢復，也服用了不死鳥的眼淚，才再次回到能夠挺起上半身的狀態。

阿撒塞勒老師總括了一誠同學的一連串異常狀況，如此表示。

「——總之，狀況就是這樣，所以你不准再用龍神之力了。」

接著老師又這麼補充。

「真要說的話，禁手(balance breaker)本身原本就是不可能的現象。由於聖經之神不在、英雄派的陰謀等等因素，近年來能夠使用禁手的人一直持續增加，但是在悠久的歷史之中，這樣的人原本只有極少數。」

沒錯，禁手本身原本是極為稀有的現象。但是，這一年當中，能夠使用的人突然暴增。英雄派散播了使用條件固然也是原因之一，不過一般認為最根本的原因還是出在聖經之神已經不在，導致沒有任何人能夠管理神器系統。

我的聖魔劍原本也是不可能的結果。在這樣的狀況之下，無論是我們身邊還是敵方陣營都頻繁出現亞種禁手，尤其是一誠同學與瓦利他們二天龍，更達成了史上首次見到的變化。

阿撒塞勒老師也提到相關的事情。

「在這樣的狀況下，一誠和瓦利在禁手之後還達到了更進一步的進化、變化。雖然你們選擇的強化都是盡可能將風險壓到最低，以保平安無事的方式……不過，在這麼短的期間內，你和瓦利都強化過頭了點，這讓我自己也反省了一下。變身為禁手的強化。『Balance Breaker』——簡稱是B×B。那麼，變身為鮮紅色鎧甲的進化，『Cardinal Crimson』——簡稱C×C，然後龍神化的『Diabolos Dragon』——就是D×D了吧。總之，你在短時間之內強化過頭了。況且還不只是一次跨兩階，而是以一次跨五階、十階的方式在進化……身體會跟不上或許也是理所當然的吧。」

這樣讓大家無言以對。我們全都為了一誠同學的強化、進化而感到可靠、開心；但是相反的，他在短時間之內的變化過於劇烈也是事實，我們也很清楚這一點。

尤其是以無限之力進行強化……想必對他的身體造成了超乎尋常的負擔。

老師他——對一誠同學與他的雙親深深一鞠躬。

「……一誠他……令郎的身體之所以變成這樣，都是我的錯。這個傢伙的能力、成長，比任何事物都讓我感興趣，也更引以為傲，所以才會在短時間內對他做出過多無理的要求。

一誠也回應了我的要求，克服了各式各樣的困難……但是，這對一個十七歲的孩子來說，負擔還是太過沉重了。這是——我的過失。」

阿撒塞勒老師的話語比任何時候都還要真摯，感覺得出他是真心感到後悔。

看見老師前所未見的態度，一誠同學慌了起來。

「等、等一下，老師！別這樣啦！我一點都不介意！因為，我之所以能夠變強，都是老師的功勞啊！」

「但是，一誠。我就連你最喜歡的東西都剝奪了啊。」

「所以說，那是無可奈何的事情嘛……那個會害我受傷，讓我感到相當遺憾。真的讓我感到相當遺憾……」

一誠同學望著大家，露出微笑。

「但是，也因為這樣，大家才能夠保住一命。因為有老師的指導，我才能夠得到足以拯救大家的力量。我也覺得自己在這麼短的時間之內好像太拚了一點。可是，如果沒有成長到這種地步的話，現在可能就已經失去哪個夥伴了。與其失去哪個夥伴，我——寧願失去自己的一隻手或是一條腿。」

聽了一誠同學這番話，他的雙親也對阿撒塞勒老師開了口。

他的父親說：

「老師，請你抬起頭來。小犬已經成長到能夠說出這麼了不起的話了。光是這樣我就已經很滿足了。老師幫我們將一誠培育成一個男子漢。身為父親，這已經是無上的感動了。」

他的母親也接著說：

「……看見這個孩子的身體，我大吃一驚。不知不覺間，他已經練出這麼一身肌肉……讓我明白一誠至今為了大家有多麼努力。身為母親，無論是要讓他繼續亂來，還是之前那些逞強，我都不願意容許……但是，我的孩子一直以來都在救人對吧？既然如此，身為母親，我為他感到驕傲。最重要的是，把他教成這樣的是阿撒塞勒老師，我對你只有無盡感謝。」

阿撒塞勒老師抬起頭來，直言不諱地對一誠同學的雙親說：

「兩位的兒子是冥界的財產。正因為如此，我也不想讓一誠繼續亂來了。」

阿撒塞勒老師摸了摸一誠同學的頭。

「剩下的事情交給我們吧。我……我們這些領袖這次也打算上前線。所以，你就乖乖躺在這裡吧……不過就算我這麼說，你還是很有可能衝出去……但是，至少這件事你要答應我。」

老師了當地叮囑一誠同學。

「龍神化的力量，不能再用第二次了……剛才我提到的B×B和C×C還可以接受……不過就算是這樣，你還是不能亂來。聽到了沒？」

一誠同學用力點了點頭。他這麼問：

「……老師，對我而言，會不會也有A×A或E×E的成長要素藏在什麼地方啊？」

「這個我就不清楚了。如果你今後希望有這樣的強化，或許是有辦法創造出來……總之，禁手和鮮紅還可以接受，就是不准龍神化。」

如此勸告了一誠同學，阿撒塞勒老師就將他交給主治醫師、護士以及他的雙親照顧了。

老師表示「我還有事情要忙，先走了」，並再次向一誠同學的雙親點頭示意，便準備離開現場——

「莉雅絲、朱乃、木場、加斯帕、羅絲薇瑟，你們跟我過來一下。」

除了被叫到的我和莉雅絲前社長、朱乃學姊、加斯帕、羅絲薇瑟老師以外，其他成員都留下來陪一誠同學聊天。

和老師一起走出病房之後，我們來到這個樓層的休息區。

出現在那裡的——是身穿黑夾克的幾瀨鳶雄先生，還有另外幾位素未謀面的人。

幾瀨先生對阿撒塞勒老師說：

「所有人都到齊了。」

「喔喔，鳶雄，不好意思啊，突然把你們叫過來。」

「不會，我們也覺得到了和『D×D』一起上前線戰鬥的時期了。請讓我們略盡棉薄之力吧。」

幾瀨先生如此表示。

老師正式向我們介紹。

「莉雅絲，還有你們幾個。我們的刃狗隊這次也要從幕後協助的立場轉戰幕前了。你們晚點再討論一下要怎麼配合。」

真是太可靠了！在神子監視者當中也是數一數二的高手們居然要正式轉戰幕前！以這次這樣的大規模戰鬥而言，他們能夠參戰真是太令人感激了。因為現在正是有越多高手越好的狀況。

——這時，朱乃學姊看著某個人，面露驚訝的表情。

我循著朱乃學姊的視線看了過去，有個長得和朱乃學姊很像，年約二十出頭的美麗女子就站在那裡。就連一頭潤澤的黑長髮都像極了。

女子對朱乃學姊露出微笑。

「——朱乃。」

朱乃學姊的眼淚瞬間潰堤，衝了過去，和那名女子互相擁抱。

「——！朱雀姊姊！」

名喚朱雀的女子疼惜地摸了摸朱乃學姊的頭。

「好一陣子見不到妳讓我很擔心，不過妳看起來氣色很好的樣子，真是太好了。」

「是我不應該，都沒有聯絡妳，真是非常抱歉。」

「不會啦，沒關係。考慮到妳的立場，這也是無可奈何的事情。」

——朱雀。

我記得這個名字。那是姬島宗家的——現任宗主的名字。在血緣上，朱乃學姊的母親「朱璃」女士，與現任宗主的母親是姊妹。因此，她們就是表姊妹了。

看見姬島家現任宗主在此，莉雅絲前社長帶著微笑迎上前去。

「好久不見了，朱雀。」

「是啊，莉雅絲小姐。我讓家裡那些囉嗦的人們閉嘴了。我也要和鳶雄他們還有妳們一起上戰場。」

姬島家宗主和幾瀨先生之所以認識，是有理由的。幾瀨先生以家系圖而言也繼承了姬島家的血脈，和朱乃學姊以及現任宗主算是遠房表親。

姬島家與神子監視者之間因為朱乃學姊起了不少紛爭……不過在現任宗主即位之後，似乎進行了不少內部改革，最近終於呈現出軟化的趨勢。

至少，已經軟化到能讓她們表姊妹互相擁抱的程度了。

聽現任宗主朱雀小姐那麼說，莉雅絲前社長問：

「也就是說……？」

「我將以姬島家現任宗主的身分，參加戰鬥。其他四家也會派出術士參戰，還請你們將他們納入戰線。」

其他四家——自古以來保護日本，免受非人者侵害的異能組織，包含姬島家在內總共有五個。百鬼家、姬島家、真羅家、櫛橋家、童門家——亦並稱為五大宗家。

自古以來一直極力避免與非人者往來的五家，唯有這次願意參戰……一方面或許是朱雀小姐的勸說奏效，一方面應該也是他們認知到666的威脅性不容忽視了吧。

或許各方自有盤算，不過現在還是單純為了戰力增加而高興吧。

這時，又有一群人走了過來。

——是瓦利隊。

見證了李澤維姆的末路之後，他和我們一起加入了北歐戰線。他和他的隊友們也在激烈的戰鬥當中掃蕩了邪龍軍團。

原則上，現在他是主神奧丁的義子，又得顧及阿撒塞勒老師的面子，總不能不參加。不，他原本就是個戰鬥狂。加入戰線的時候或許還非常開心呢。

只是，在防衛成功之後，就沒人知道他消失到哪裡去了……

再次現身的瓦利，看著幾瀨先生狂妄地笑了。

「——鳶雄，沒想到你會露臉啊。」

「瓦利，你好像成功報仇了是吧。」

聽幾瀨先生如此表示，瓦利只是揚起嘴角，輕輕笑了一聲。

幾瀨先生對瓦利說：

「這次我們的隊伍也接獲命令，要站上幕前抑制666的破壞活動。我們會一邊協助你們，一邊在你們身旁大鬧一番。」

聽見這番話，瓦利似乎真心感到高興，笑得開懷。

「所以能夠看見你許久沒有拿出來的真本事了嗎？呵，可見事情就是這麼嚴重。可以的話，我比較想在和你再次交手的時候看到那招就是了……」

瓦利的語氣一如往常狂妄，但這似乎讓幾瀨先生覺得有點想笑。他抓了抓臉頰，輕輕笑了幾聲。

「哈哈哈，你愛耍帥的毛病過了這麼久還是沒改啊——看來，還是得派妳上場才行。拜託妳了。」

說著，幾瀨先生轉頭看向背後。

看見他的動作，瓦利的表情一變。

「——！難不成……你把她帶來了嗎……？」

刃狗隊當中，走出一名戴著尖頂帽，穿著長袍的女子。

那是一位有著一頭長金髮與寶石般美麗的碧眼的女魔法師。年紀大概是二十出頭吧。可以說是一位美女。

女魔法師逼近到瓦利的眼前，嫣然一笑。

「你還是那麼任性呀？」

反觀瓦利……他竟然不住後退，臉頰也不停抽搐。

看來，那名女子現身讓他打從心底為之動搖。

「…………！拉、拉維妮雅……！」

瓦利稱之拉維妮雅的女魔法師，牽起了他的手。

「梅菲斯托會長與阿撒塞勒前總督都允許我們站上幕前了。我們又可以一起戰鬥了呢，小瓦。」

——小瓦。

我之前無意間聽說過，瓦利認識的人當中有人會這麼叫他……這樣啊，就是這名女子啊。

瓦利手足無措到了前所未見的程度，平常的那副酷樣完全消失得無影無蹤。

「可、可是，這樣不好吧！」

聽瓦利這麼說，名叫拉維妮雅的女子露出傷心的表情。

「小瓦……你背叛了神子監視者，一個人擅自跑去找你的爺爺，造成了很多人的困擾。這樣做太不應該了。這次要乖乖和大家一起戰鬥——聽懂了嗎？」

拉維妮雅小姐將瓦利拉到胸前，並且順勢緊緊抱住他。

沒想到，那個說自己對女人沒興趣的男人、那個戰鬥狂，居然毫不抵抗——不對，他是無法抵抗，光是紅著臉就已經耗盡全力了。

「……嗚……唔！」

看見瓦利這副模樣，我和莉雅絲前社長驚訝到下巴都要掉下來了……但是知道內情的阿撒塞勒老師和刃狗隊都不住竊笑，一副在看好戲的樣子。

「別名路西法龍的路龍大師，還是不改他愛耍帥的老毛病呢。」

「可是，這樣很有小瓦的風格，很不錯啊。」

刃狗的一男一女更是想說什麼就說什麼。

而瓦利隊也同樣是一副在看好戲的樣子。面對隊長出乎意料的模樣，他們似乎看得很愉快。

「不愧是我們隊長唯一不敢忤逆的人喵。」

「瓦利那個傢伙每次只要一察覺到『冰姬』的氣息就會逃之夭夭。這次實在是沒辦法，他自己疏忽大意，加上對方又完全消除了氣息。哈哈哈！」

黑歌和美猴好像也算是認識那位女魔法師。

幾瀨先生說：

「她是拉維妮雅．蕾妮。是『灰色魔術師（Grau Zauberer）』——梅菲斯托．費勒斯會長最寶貝的徒弟，也是我和瓦利都不敢忤逆的人。對瓦利而言就像姊姊一樣，這樣說應該比較快吧。」

莉雅絲前社長似乎想通了什麼。

「……『神滅具』，『永遠的冰姬（absolute demise）』的持有者，『冰姬拉維妮雅』。我也是第一次見到她……」

沒錯，光聽名字我也知道了。她就是號稱「灰色魔術師」旗下的魔法師當中最強者之一的「冰姬拉維妮雅」——神滅具之一，「永遠的冰姬」的持有者。

我也是現在才知道她和刃狗隊有關係……她甚至還是瓦利的弱點，這件事我也是現在才知道。

這時黑歌和勒菲輕聲向我問道：

（對了，小赤龍帝還好吧？）

（在某種程度上，我們這邊也收到消息了，所以我也相當掛心……實在很想立刻趕過來……無奈狀況不允許……真是非常抱歉。）

她們兩位也都寄住在兵藤家，而且和一誠同學也已經是對彼此敞開心懷的關係了。她們似乎一直都很擔心的樣子。

（嗯，該怎麼說呢，目前已經沒有生命危險了。詳情我晚點再告訴妳們。）

聽我這麼回答，兩人都鬆了一口氣。

……一誠同學會因為有關胸部的事物而受到傷害——這件事雖然很難說明，但還是得早點告訴她們。畢竟黑歌說不定會突然抱住一誠同學……這麼一來，他可能會受重傷吧。

望著聚集在休息區的所有人，阿撒塞勒老師表示：

「總之，事情就是這麼嚴重。這次要借用各位的力量了。不只冥界，這是所有勢力的危機。那些傢伙所懷抱的惡意就是這麼強烈。即使是一直以來因為彼此的狀況而避開對方的勢力，這次也必須攜手合作，否則只會被打得非常悽慘。比起世界毀滅的嚴重性，個別勢力的尊嚴根本派不上任何用場。」

說完之後，老師對羅絲薇瑟老師與加斯帕說：

「羅絲薇瑟、加斯帕，關於聖杯，我得到了新的情報。為了對付666，我需要你們的意見與協助。等一下你們可以跟我走一趟嗎？」

聽老師這麼說，兩人默默地用力點頭。

「剩下的人先暫時在魔王城待命。如果有了什麼動靜——」

就在老師說到這裡的時候。

有人慌張地跑到這個休息區來。來者是個身穿西裝的男子，應該是我們陣營中的工作人員。看來大概是發生了什麼重大的事情，否則他也不會像那樣在醫院裡面奔跑吧。事實上，那名男子的臉色也很蒼白。

男子在老師眼前站定之後這麼說：

「聽說666與邪龍軍團再次開始行動了！」

『——！』

他的報告令所有人為之驚愕！

……牠們又開始活動了嗎……！大家切換了心情，換上勇猛的臨戰神情。

莉雅絲前社長向男子問道：

「這次出現在哪裡？」

「……地點……是奧林帕斯的領域——」

奧林帕斯——是希臘神話的領域！在北歐神話之後輪到希臘神話了嗎！

聽見這個消息，所有人都一心準備移動。

莉雅絲前社長對大家說：

「那麼，我們就到那裡去吧！各位，準備——」

然而，男子的報告還沒結束——

「不僅如此……牠們還現身在須彌山的山麓，以及埃及神話、凱爾特神話的領域等其他地方！」

…………

……不只一個地方……？不只奧林帕斯的領域，牠們還出現在須彌山、埃及神話、凱爾特神話的眾神居住的世界……？

「這是怎麼回事……？」

由於事情太過離奇，連莉雅絲前社長也只能皺起眉頭這麼問。

……但是，阿撒塞勒老師似乎想通了什麼，表情變得凝重。

男子補充說道：

「據報，是666使身體分裂，送進各勢力的領域去了！」

『——！』

所有人又是一驚，無言以對。

……使身體……分裂……了嗎？難道，666將身體分成好幾個，分別襲擊各個勢力嗎……？

阿撒塞勒老師一臉苦澀地說：

「事情大概就和他說的一樣吧。那個該死的怪物，以分裂開來的身體，開始同時攻擊不同地方了。」

「……難道，牠有幾顆頭，就能將身體分裂成幾個嗎……？」

為之戰慄的莉雅絲前社長冒出這麼一句話。

我們在北歐之戰當中，親眼目睹了666超乎常軌的力量。

無論是遭受我們的集中攻擊，還是中了神級戰力的一擊，666都是一副不以為意的樣子。攻擊頂多只能稍微燒焦牠的身體表面，或是稍微讓牠皮開肉綻而已，牠立刻就能讓身體重生。

相對的，牠噴出來的特大火焰卻是強烈至極，足以炸裂大地，轟毀群山，使我方陣營遭受嚴重的打擊。畢竟，光是一次攻擊，在地表上留下的損害就達到足以改寫地圖的程度——

而牠還分裂了！那麼強大的怪物，居然同時對好幾個地方再次展開了襲擊……！可是，如果牠分裂得越多，力量也會跟著擴散的話……不，跟隨在牠身邊的量產型邪龍與冒牌赤龍帝的數量原本就相當龐大了，應該不能預期得這麼樂觀吧。

朱乃學姊對莉雅絲前社長說：

「如此一來，我們也需要前去鎮壓冥界的戰力來支援。」

「蒼那和塞拉歐格他們現在在哪裡？至少聯絡他們一下比較好吧。」

西迪眷屬、巴力眷屬和阿加雷斯眷屬，為了壓制在冥界各地爆發的暴動，全都離開了。

不過，既然狀況變成這樣了，只好將鎮壓暴徒的工作交給當地的警察和民兵組織，我們必須趕去對付666才行。

正當我想著這些的時候，前來通報的男子又從對講機當中接獲新的情報。

男子接獲報告，大驚失色。

「——！竟有此事……」

男子也將情報轉告我們。

「巴力、西迪兩支隊伍目前似乎在巴力領中樞的城堡裡……據報，巴力城正遭受反叛者的襲擊！」

——事態急轉直下！

沒錯，我們惡魔內部的問題，相當根深蒂固，也充滿了混沌——

Life.Ba'al　獅子大王　—Great King—

不記得是從何時開始——

這座巴力城開始讓自己感到喘不過氣來——

在一次又一次劇烈地搖晃的城內，與衛兵一起走在通道上的，是巴力家現任宗主的次子——麥格達蘭·巴力。

二十幾分鐘以前，這座巴力城遭受反叛者的襲擊。當時，他正在和己方的政治家討論大王陣營為了對付666該如何調度戰力。

領主的城堡多半位於各領土的中心，而巴力城在其中也算是數一數二堅固的城堡。理由是有超過五十層的防禦結界包圍著城堡。

直到目前為止，這座城堡未曾遭到侵略。即使是在與舊政府交戰的時候，這座城堡也從未受到侵略。

——然而，這座城堡現在面臨了危機。

城堡遭受了穿透結界而來的攻擊。從通道的窗戶，可以看見正在庭院裡對抗賊人的衛兵。

衛兵們一一遭到戴著面具的賊人們屠殺，毫無抵抗之力。既然連巴力的精兵也完全無法對付對方，可見襲擊而至的敵人是相當強大的高手。

同時，種植在庭院裡的種種美麗的花卉也隨之飛散。

……巴力被盯上的理由是什麼？

……理由這種東西，越想只會找到越多。不過，說到最近的一件遭人怨恨的事情……恐怕，是有關「國王(king)」棋子的事由，以及排名遊戲的弊端吧。

前面那件事姑且不論，麥格達蘭自己或多或少也有察覺後面那件事。只是，他並沒有參加遊戲，就算真的有弊端好了，遊戲本身也營運得相當順利，所以他並不覺得那是個問題。

既然平民都被蒙在鼓裡，他認為這就不會產生任何不利情事。

——只不過，他完全沒想到冠軍居然會主動告發這件事。

就在他們走過走廊，轉彎的時候。一個散發出異樣氣焰，身穿漆黑全身鎧(plate armor)的人出現在他們眼前。

圍著麥格達蘭．巴力的衛兵們全都舉起武器……但麥格達蘭知道那個穿鎧甲的人是誰。

麥格達蘭伸手制止衛兵們。

「……你是蒼那大人的眷屬對吧。」

沒錯，麥格達蘭是從相關資訊當中得知，蒼那．西迪的眷屬當中有個原本是人類的「士兵」，得到了裝備漆黑鎧甲的能力。

蒼那．西迪的「士兵」——匙元士郎收起頭盔，露出原本的面貌。

「你是塞拉歐格老……繼任宗主的弟弟對吧？我是蒼那．西迪眷屬當中的『士兵』。我來替你助陣了。」

看來，是和哥哥——和塞拉歐格一起戰鬥的「D×D」成員，趕來拯救巴力的危機了。

「……是『D×D』啊。沒想到會是你們來救我啊。」

從立場來說的話，這怎麼想都是一種諷刺。

不過，聽見這番話的匙只是歪頭不解，像是頭上冒出了一個大問號似的……

麥格達蘭只說了一聲「不過，感謝救援」，便在匙的帶領之下，準備和衛兵們一起離開這座城堡。

麥格達蘭的眷屬為了鎮壓心有不滿的平民在城鎮引發的騷動，正好全都出動了，留在這座城堡裡的就只剩下「皇后」。而那位皇后也為了確保逃生處的安全，離開了城堡。

父親為了商討如何對付６６６，前往第一代宗主傑克拉姆．巴力的隱居地，母親則是在兩天前便已到疏散地去避難了。

同父異母的繼任宗主——哥哥塞拉歐格，則是以反恐小隊的身分巡迴各地。

也就是說，這座巴力城裡，只剩下不是城主也不是繼任宗主的次子而已。

被認為比現任魔王還要崇高的大王家現任宗主居然放任城堡無人管理……麥格達蘭露出嘲諷的笑。

沒錯，父親總是這樣。必須做出決定的時候，一定會到第一代或是上一代宗主的隱居地去請示他們的意見。不僅政事如此，就連家中的大小事，父親都不曾自己決定過。

明明行事作風如此，在需要保住尊嚴和面子的時候，卻又毫不留情地拋棄妻兒。

過去，同父異母的哥哥因為沒有遺傳到毀滅之力，就被放逐到巴力領的邊境去了。

身為次子的麥格達蘭，由於是天生具備毀滅魔力的男兒，在塞拉歐格遭到放逐之後，很快就被推舉為繼任宗主。

以繼任宗主的立場接受養育的麥格達蘭，在年幼時就被灌輸了身為巴力的教育。儘管他的戰鬥力稱不上高，既然得到了毀滅魔力，就必須學習如何運用到爐火純青才行。或許是因為大王家以外的地方誕生了具備強大毀滅魔力的惡魔，他沒事就會被拿來和吉蒙里兄妹比較。生活在嚴苛的教育環境之中，麥格達蘭曾經真心憎恨瑟傑克斯與莉雅絲。當他知道就連這些也是宗主們的詭計時，已經是很久之後的事情了。

然而，有一天，他的世界為之一變。

同父異母的哥哥塞拉歐格從邊境歸來，並且表示希望能夠將繼任宗主之位還給他。

身為現任宗主的父親與上一代宗主，都嘲笑塞拉歐格。他們說，不具備毀滅魔力、不夠格稱作巴力的傢伙，說這是什麼話。

宗主將哥哥的發言當成笑話打發掉，卻又認為這是正式斷絕父子關係的好機會，因此命令麥格達蘭對付他。

爭奪繼任宗主之位的戰鬥開始之後過了幾分鐘——哥哥獲得了壓倒性的勝利。倒臥在地的，是遺傳到毀滅魔力的麥格達蘭。

麥格達蘭根本沒有發揮的餘地。從小鍛鍊身體能力的哥哥，其速度與力量都遠遠超越麥格達蘭所能想像，他的毀滅魔力根本沒有擊中對手的可能。

身為父親的現任宗主，以看垃圾般的眼神望著倒在地上的麥格達蘭。

在那之後，他們在城內展開了奇妙的生活——

在城內生活的巴力家成員，有身為父親的現任宗主，身為第二夫人的麥格達蘭之母，身為繼任宗主的哥哥塞拉歐格，以及繼任宗主之位被搶走的次子麥格達蘭這四人。

無論用餐，還是任何活動，都是由他們四位一起進行。

即使心中有千百個不願意，還是將長男立為繼任宗主的父親，仍然為了各種決定而請示第一代與上一代的意見；母親因為親生兒子被趕下繼任宗主之位，又得和不是她生的長男一起生活，而難掩煩躁的心情。麥格達蘭儘管一直接受繼任宗主教育，卻不得不協助搶走他寶

座的哥哥。

每次用餐的時候，都沒有任何對話，四人淡然用完一道道餐點，而且總是母親先行離席。母親對丈夫與兒子都感到絕望，並對不是自己親生的塞拉歐格懷恨在心，卻又完全不肯放棄巴力之妻的地位。

自然而然，除了眷屬以外，就沒有人會為了政事以外的事情找麥格達蘭說話了。他和父親、母親也不會在家庭之中對話。不，回想起來，在他以繼任宗主的身分接受培育之後，就不曾被父母當成小孩疼愛過。父母完全將他視為「巴力家的繼任大王」而重視他。

……在貴族孩童們的交流會上，某位公子對麥格達蘭這麼說過。

——母親大人幫我清理耳朵的時候非常舒服。

清理耳朵——從出生到現在，都沒有女傭以外的人為麥格達蘭做過這種事情。

某位千金表示，她曾經和家人一起去過人類世界的海邊玩。

除了去巴力家擁有的私有地視察之外，麥格達蘭不曾出過遠門。更別說是和家人一起旅行了——

家人……家人到底是什麼呢？

這座城堡，是巴力家的城堡。是繼承了巴力家血脈的人才能夠居住的……家。住在裡面的都是巴力家的人……照理來說，那些人應該就是他的「家人」才對。

自己到底算什麼呢？以次子的身分誕生，被拱為繼任宗主，然後那個寶座被搶走了，又被眾人當成空氣……

喘不過氣。不知道自己是為了什麼而待在這裡——不知道自己該如何自處，開始討厭待在這座城堡裡。

曾幾何時，會找他說話的血親，只剩下同父異母的塞拉歐格了。

「最近還好嗎？」、「對了，鄰近的城鎮最近在流行這種事情——」、「『D×D』小隊裡有個叫做兵藤一誠的男人。那個傢伙相當有意思——」……當哥哥像這樣對他說話時，麥格達蘭只是心不在焉的以「這樣啊」、「嗯」、「喔喔」這種單詞隨口回應。

麥格達蘭承認哥哥很強。因為實在太強了，讓他連想要奪回繼任宗主之位的氣概都提不起來。

在巴力家長大的他，不知道身為巴力以外的生存方式——

他唯一比別人優秀的地方，就是對植物懂得很多。從小他就喜歡花草樹木。

巴力城裡到處插著一種紫色的美麗花朵。庭院裡面也種著那種花。那種花在三大勢力的大戰所造成的災禍之中曾經一度絕種，經過麥格達蘭的調查，他重新發現了保存狀態良好的種子，成功讓那種花在現代復活。繼承巴力血脈的人，眼睛都是紫色的。因此，紫色經常被當作代表巴力家的顏色。麥格達蘭認為，再也沒有比這個更適合象徵巴力家的花了。

除此之外，麥格達蘭還培育了稀有的蘋果，不斷研究植物。

麥格達蘭的眾多研究即使得到表揚也不足為奇，但大王家現任宗主卻要他好自為之。現任宗主表示，巴力大王必須體現毀滅，卻在植物研究領域當中做出成果，他應該為此感到可恥。母親也從未誇獎過他，更不曾吃過他種出來的果實。

願意將他的成果當成一回事的——只有哥哥塞拉歐格。

塞拉歐格還打算將麥格達蘭種出來的花和水果，銷售到巴力領以外的地方去。

豪邁地啃著弟弟種出來的蘋果，哥哥這麼說了。

「蘋果是巴力領的特產。我要把你種的蘋果推廣為冥界第一的蘋果。這一定辦得到。畢竟，這種蘋果這麼好吃。」

回想起和哥哥的對話，麥格達蘭走在走廊上的同時用力搖頭，試圖甩開這些回憶。

……事到如今，無論是哥哥還是家人，花朵還是毀滅之力，自己都不會再執著了。即使666要毀滅這個冥界，頂多就是接受這樣的命運罷了。

在城內前進了幾分鐘後，匙元士郎進入城堡時所使用的後門就出現在眼前。後門所在的地方是一個格外寬廣的空間，樓高也相當充裕，原本是平民的臨時避難處的候補之一。

後門就在眼前，帶頭的匙元士郎卻停下腳步，散發出氣焰，擺出架式。

——因為，他感覺到前方有可疑的氣息。

仔細一看，有一個人擋在後門前面——而他們之間，有個麥格達蘭相當熟悉的人物倒臥在地上。

倒在地上的，是個身上穿個輕鎧甲(light armor)配上披風的輕裝備，渾身是血的灰髮男子。是麥格達蘭收作「皇后」的男性眷屬——西克托茲·巴巴妥司。出自歷史悠久的七十二柱巴巴妥司家的分家，現在是麥格達蘭的眷屬。

上級惡魔出身，又是麥格達蘭的「皇后」，居然倒臥在血泊之中……

「西克托茲！你還好嗎！」

麥格達蘭這麼一問，他的「皇后」口吐鮮血，卻仍說著「……請您快逃」，將主人的性命放在第一。

匙從鎧甲上伸出狀似觸手的東西，對準西克托茲射了出去。觸手團團包住他整個人，然後迅速將他拉了過來。

麥格達蘭和衛兵們一起開始打理「皇后」的傷勢。他全身上下每個地方都被魔力長槍射穿了。再這樣下去肯定會出血過多而死。為了盡可能為他止血，麥格達蘭撕開衣物，包紮在西克托茲身上。

看見麥格達蘭的動作，擋在後門前方的人對他鼓掌。

「真是堅強啊，一點都不像巴力大王。」

隨著叩叩作響的皮鞋聲，那名可疑人物從後門走了過來。是個身穿貴族服飾的金髮紳士。容貌看起來大概是三十多快四十歲……不過惡魔能夠改變外貌，所以從長相無法看出正確的年紀。

——然而，在場的所有人都知道那名男子。這也是理所當然的。因為那名男子經常出現在電視上——

身穿貴族服飾的紳士鄭重地行了個禮，開口問候。

「——各位貴安。」

麥格達蘭說出了那名男子的名字。

「……是排名遊戲名次第三的……比迪斯．亞巴頓大人啊。」

沒錯，那名男子——正是排名遊戲的職業選手，目前排名第三的比迪斯．亞巴頓。出自番外惡魔（extra demon）亞巴頓家。

然後，從他身上散發出來的詭異氣焰以及殺意可以明顯看出，他就是襲擊這座巴力城的罪魁禍首。

比迪斯愉快地笑著。

「哎呀，這不是現任宗主的……二公子嗎？我這趟來，是想見宗主大人，還有第一代大人。」

「真不湊巧，父親大人與第一代大人都不在這裡。話說回來，像您這種造反的無禮之徒，身為宗主的巴力大王也沒有見您的道理。」

麥格達蘭的這番說詞，讓比迪斯開懷地笑了。

老實說，即使有蒼那．西迪的「士兵」在這裡，也沒有足以打倒眼前這個排名第三的「國王」的手段。前十名以內的「國王」們全都是最上級惡魔，前三名更是號稱魔王級。也就是說，這等於是叫他們只靠麥格達蘭、匙、衛兵們來對付魔王。這未免也太強人所難了。

麥格達蘭問向比迪斯。

「請教一下您來這裡的理由。」

「我希望能夠勞駕大王跟我走一趟。關於迪豪瑟揭露的那一連串事情，我想請大王充當一下幕後黑手，將他帶到民眾面前去。」

真虧他敢說出這種話來，麥格達蘭為之嘆息。

麥格達蘭輕聲問匙。

（你們其他的眷屬或是隊友呢？）

（我們的眷屬在外面對付那群戴面具的傢伙……他們強成那樣，我想大概是這位第三名先生的眷屬吧。總之大家正在和他們展開激戰。）

原來如此，從剛才開始外面就傳出一次又一次的喧囂巨響，似乎是西迪眷屬在外面和亞巴頓眷屬戰鬥造成的。

匙接著又這麼說：

（塞拉歐格老大和他的眷屬應該也差不多快到了才對……）

看來，他們好像也聯絡了哥哥塞拉歐格。

不過，哥哥趕得上嗎……？假設趕得上好了，即使哥哥再怎麼強韌，面對魔王級的對手，也只是……

比迪斯毫不在意他們的狀況，這麼問了。

「那位是蒼那．西迪的眷屬吧？那股黑色的氣焰，我記得在新生代交流戰的紀錄影片當中看過。賽拉芙露陛下的妹妹蒼那……我記得她是為了在冥界成立一所任何人都能夠就讀的學校而奮鬥對吧？還和巴力家的繼任宗主共同出資。嗯……我想問你一件事，她將來也打算參加遊戲嗎？」

「是啊，那也是我的主人的夢想。她認為，既然要成立排名遊戲的學校，自己也得在排名遊戲當中留下某種程度的成績才有說服力。頭銜也是，我們絕對會拿給你看。」

比迪斯摸著下巴，點了一下頭之後說：

「原來如此。這個嘛，即使是重視戰術的隊伍，應該也打得到某種程度才對。不過，你們終究無法成為冠軍。不，你們絕對進不了前五名。最好也別奢望能夠拿到什麼了不起的頭銜。」

「……你為什麼可以說得如此肯定？」

比迪斯回答了匙的問題。

「因為這是我……我們的親身經驗。聽好了。你最好牢牢記住。能夠成為冠軍的，一直都只有具備堪稱異常的絕對力量之人。以你們的世代來說的話……大概，就屬坐擁赤龍帝的莉雅絲・吉蒙里最為接近了吧。不過，新生代四王(rookies four)當中，每一個都遠遠不及那個妖魔鬼怪——迪豪瑟・彼列，就是那麼強的怪物。以正常的手段絕對到達不了他那種境界。不過，這也無可奈何。無論如何，在任何時代，都會有一兩個那種程度的強者降生於世。瑟傑克斯陛下亦若是，阿傑卡陛下亦若是。正因為如此，我們才需要借助『那種機關』來接近那種才能的結晶。」

「……所以，你才使用了『國王』的棋子嗎？」

麥格達蘭這麼問。

不久之前，迪豪瑟・彼列公開的「國王」棋子使用者——其中也包括了比迪斯・亞巴頓。不僅如此，就連排名第二的羅伊根・貝爾芬格也用了。

比迪斯絲毫不覺得自己有錯，他揚起了嘴角。

「沒錯。就是這麼回事。我有地位，也有財富。唯一缺乏的，只有成為最上級惡魔的才能。正因為如此，我才設法取得。然後就成了排行榜第三名，終於得到了名譽。充滿弊端？但是，頂尖選手們的比賽內容確實恰如其分對吧？除了迪豪瑟以外，勝戰與負戰的場數均衡，確實與排名相稱。當然了，高層沒有下達指示的比賽也很多……不過，不可否認的，在知道背地裡發生什麼事的選手之間確實也有扯上遊戲勝負的交易。」

匙元士郎心裡似乎充滿了不願相信的心情。

沒錯，他的主人的願望，是設立一所任何人都能就讀的排名遊戲學校。知道了遊戲的陰暗面，而且第三名還大大方方當面承認比賽作假，應該讓他大受打擊吧。

關於遊戲，除了舞弊以外，還有「名家之間為了交際而互通輸贏」這樣的情事發生。和他們——「D×D」小隊有關的萊薩．菲尼克斯也做過這種事情。他們應該也知道吧。

貴族之間針對遊戲的流通，不同於比迪斯剛才所說的那種狀況，冥界的一般民眾也都知情。儘管受到下級、中級惡魔的批評，仍然因為貴族社會的情勢而進行。為了菲尼克斯家，萊薩至少也故意輸過兩次。以人類世界的狀況來說，這就和所謂的「應酬高爾夫」沒什麼兩樣。

麥格達蘭對遊戲沒什麼興趣，也不打算參加，對他而言，無論是比迪斯剛才所說的那種「交易」，還是一般民眾也知情的，貴族之間的「應酬」，老實說，兩者都一樣骯髒，都一樣罪孽深重。

匙元士郎與國民們為之嘆息的這種狀況，除非將遊戲本身根本性地提升為政治力無法介入的國際架構，或是組織一個極力減少貴族社會色彩的委員會，否則完全無法改善。

現行的排名遊戲，就是如此適於黑暗面的存在。舊時代的惡魔們，因為想依自己的方便影響、利用排名遊戲，才硬是將遊戲的主導權從魔王阿傑卡·別西卜手上搶了過來。

麥格達蘭問比迪斯。

「自願接受『國王』棋子的您，現在卻想逮捕大王嗎？」

比迪斯囂張地笑了。

「因為支持者們現在正問罪於我嘛。在這之後的狀況下，想推翻舞弊的事實恐怕很難。既然如此，我也只能斬斷弊端的根源了——所以，我要提著大王的首級，向平民主張我解決了這次事件的禍根。」

……比迪斯的眼中，顯現出貪圖虛名者的眼神。

比迪斯左右搖了搖頭，換上充滿悲哀的表情。

「平民是那麼駑鈍。只要我泣訴自己是遭到大王陣營的利用，並且為了斷絕後顧之憂而取下巴力大王的首級，民眾在驚訝之餘，還是會給予我一定的支持。他們對上流階級的醜聞非常生氣，看見貴族垮台是最能讓他們感到高興的事。尤其這是與魔王派對立的政敵——大

王派的醜聞，部分政治家表面上應該會表示遺憾，但私底下也會稱讚我的行動吧。」

為了保住自己的名譽，不惜捏造「正義」，強行讓輿論站在自己這邊，這就是他的詭計。

確實是很像一個完全因舞弊而弄髒了自己的手的男人會想到的計畫——麥格達蘭真心對第三名那貪圖虛名的毒辣慾望而感到厭倦。

麥格達蘭說：

「……原來如此，也就是說，您已經和那些『部分政治家』談好條件了吧。」

竟然連政治家都已經牽扯在這個計畫裡面了……不喜歡大王派，乃至於反大王家本身的政治家不在少數。加入魔王派，心裡想的事情卻比魔王還要激烈的政客，想必也有好幾個。對他們而言，這次有關排名遊戲的醜聞正是最好的藉口。

無論有沒有這次的襲擊，想當然耳，他們都會在召開國會的時候對此提出彈劾吧。

比迪斯這次問了匙元士郎。

「蒼那．西迪眷屬的少年，你要不要協助我啊？我也可以對『朋友』表示點溫情喔。」

比迪斯說出要他幫忙取下大王首級的讒言。畢竟最為敵視任何人都能夠就讀的排名遊戲學校的……可以說是大王派。表面上，身為繼任宗主的塞拉歐格姑且是對蒼那．西迪的做法表示支持……但現任宗主和他身邊的政治家們應該都在暗中盤算，要伺機打壓那個計畫。

但匙元士郎否決了。

「……不對。這樣做……是不對的！你是排名遊戲的第三名吧？這樣的人做出這種事情來，應該有很多支持者會傷心吧！」

多麼直率的回答。他完全沒有考慮政治家在打什麼算盤、領導階層的情勢，只是說出自己的想法。

比迪斯毫不在意地說：

「冠軍迪豪瑟揭發了排名遊戲有舞弊的事實，而第三名的我則斬斷了弊端的根源……你不覺得這是個很好的劇本嗎？」

匙元士郎的表情，充滿了苦澀。看起來是那麼不甘心，那麼心痛——

「……太簡陋了吧。這種做法……太愚蠢了……！再這樣下去，也只有越來越多的憎恨罷了！」

「即使是這樣，對平民們來說也足夠了。越是簡單，越是鄙陋，平民們越容易接受。放心吧，在這起事件落幕之後，我也會為了負起舞弊的責任而從排名遊戲界退休。沒錯，我將以導正弊端根源的前的三名選手之姿急流勇退。」

看來比迪斯的劇本是這樣的。

為了保住名譽，得到急流勇退的藉口，他想逮捕巴力大王——取下其首級。

比迪斯斷言：

「你是……赤龍帝的夥伴吧。我看……他也好不到哪裡去吧。被那些愚民吹捧為什麼胸部龍，正好被魔王派利用在提升形象的戰略之中。在我看來……簡直滑稽至極。甚至可以說是愚蠢。就算小孩子們因為那樣而對排名遊戲產生興趣也無濟於事……本來嘛，排名遊戲只要讓真正有資格的人能夠參加就好了。反正也只有才能突出到異常的地步，或是得到特權的人，才能夠往上爬。所謂的排名前十名，就是這麼回事。胡亂刺激那些愚民，讓他們參加排名遊戲，又能怎樣？我能夠預見的未來，就只有大部分的人都因為夢想粉碎而墮落罷了。」

比迪斯嘆了一口氣，然後說了。

「——努力，只不過是賜給愚者的夢想。而夢想，則是沒有才能、財富、地位的弱者所希冀的最後一個幻想。我不一樣。正因為有財富和地位，我才有辦法得到缺少的才能。那時我真的打從心底覺得幸好自己是貴族。」

第三名的這番話，讓匙元士郎的表情一變。

「………你這是在瞧不起那個傢伙嗎？你瞧不起那個比任何人都還要努力的我的同儕嗎！」

匙元士郎如此泣訴：

「那個傢伙可是賭上性命，為了冥界、為了夥伴而戰！這導致他好幾次瀕臨死亡，才一路走到現在！你又怎樣！你不去賭命對付666和邪龍，反而跑這種地方來……！請你去戰鬥好嗎……！為了冥界而戰！為了仰慕你的支持者而戰啊！」

「是啊，我是會去戰鬥。不過要先拿到大王的首級再說。」

見比迪斯不以為意地這麼說，讓匙元士郎的憤怒到達了頂點。

帶著黑色火焰的激烈氣焰一舉爆發。

「混帳東西————！」

匙元士郎再次戴上頭盔，從鎧甲上長出的觸手帶著凌厲的攻勢延伸而出，然而亞巴頓的因應方式卻是相當好整以暇。

在這個空間當中空無一物的地方，突然冒出了一個洞。貫穿了空間的那個現象，正是亞巴頓家的特性——「洞穴(hole)」。

匙元士郎射出的觸手被「洞穴」吸了進去，接著在「洞穴」關上的同時，觸手也被截斷。

亞巴頓代代相傳的血脈當中具備著一種特異的魔力——能夠在空無一物的空間當中製造出空洞，將各種東西吸進裡面，或是從裡面吐出來。

『可惡！』

匙元士郎開始朝比迪斯發出包覆著自己的黑色火焰。那是帶有強烈詛咒的漆黑火焰。平

常他抑制著那種能力，不過一旦進入戰鬥，詛咒便提升到肉眼可見的濃度，成為詛咒的黑焰在他身邊熊熊燃燒。要是在毫無防備的狀態下中了這招，對手的身體將受到凶惡的詛咒折磨而痛苦掙扎。

然而，匙元士郎發出的眾多黑色火焰——全都被出現在這個空間當中的無數「洞穴」給吸了進去。

沒錯，麥格達蘭透過電視知道得相當清楚。比迪斯就是驅使這些數量多到不可理喻的「洞穴」，一直維持在第三名的位置。即使他是透過作弊，使用「國王」棋子才得到現在的力量，他的實力還是無庸置疑。他之所以能夠進入這座城堡，也是因為有這種「洞穴」的特性吧。

剛才被吸進去的邪炎，透過「洞穴」又回到匙元士郎身邊。他將邪炎再次收為己用，接著改成從正面進攻。他以快到肉眼看不見的速度拉近與比迪斯之間的距離……但比迪斯在自己背後製造出能夠讓一個人鑽進去的「洞穴」，跳了進去。

匙元士郎的拳頭揮空了——非但如此，匙元士郎還被來自背後的踢腿踹飛到牆邊去。因為比迪斯從出現在他背後的「洞穴」當中現身了。沒錯，比迪斯也擅長利用那種「洞穴」進行閃躲，展開肉搏戰。

匙元士郎毫不放棄，持續以觸手、邪炎、踢腿、拳頭對比迪斯發動攻擊，但全都被對方躲開，或是被「洞穴」阻擋，無法直接命中對手。

不僅如此，比迪斯還將一隻手伸進「洞穴」裡，然後在匙元士郎身邊製造出「洞穴」，讓伸進去的手從中伸出，直接毆打他，或是施展魔力攻擊。掌握不到距離感，又不知道隨機出現的「洞穴」當中會飛出什麼東西，讓匙元士郎完全被對手耍著玩。

無法預期「洞穴」的出現，閃躲之後又被比迪斯從他腳邊的「洞穴」當中伸出的腳絆倒，讓他當場摔了一跤。

比迪斯隨心所欲地展開無數的「洞穴」，自由自在地操縱著。他將對手的攻擊全都吸了進去，更能夠從任何地方發出自己的攻擊——

比迪斯將魔力攻擊射進「洞穴」裡面，穿過「洞穴」，再從別的「洞穴」射出。佯裝瞄準了對手，實則讓魔力攻擊再次鑽進不同的「洞穴」裡。他一次又一次重複這樣的動作，透過「洞穴」不斷傳遞魔力攻擊。然後，在匙元士郎露出破綻的時候再加以攻擊。

如果他發出的魔力攻擊只有一發的話也就算了。隨著魔力的數量增加到三發、五發、十發之後，根本就無從得知哪種魔力會從哪個「洞穴」裡飛出來。

再加上，無論是普通的拳頭、踢腿，還是魔力攻擊，比迪斯所施展的攻擊每一記都具備著能夠輕易破壞匙元士郎的鎧甲的威力。他的鎧甲遭到破壞又重生，接著再遭到破壞又重生，不斷重複著這樣的過程。而重生並非無限。一點一點的，雖然只有些微的差異，但是鎧

甲的修復速度逐漸變慢。同時，每次鎧甲遭到破壞，肉體也會跟著受傷。他的身體已經布滿傷口和瘀血，也從嘴裡吐了好幾口血出來。

即使匙元士郎為了防禦而製造出火焰牆，或是從全身散發出熱氣作為廣域攻擊，對方也能夠拉近距離，或是拉開距離，進而發動攻擊。實現了這一切動作的，正是「洞穴」——

麥格達蘭看著這場戰鬥，表情越來越凝重。

他對亞巴頓的特性——「洞穴」相當熟悉。一方面是因為在電視上看過比迪斯參加的遊戲，更何況哥哥塞拉歐格的眷屬當中的「皇后」——庫依莎·亞巴頓，正是比迪斯的親人。她也能夠操縱「洞穴」，實力遠遠超越同世代的「皇后」。

——不過，比迪斯更是不同次元的怪物。

即使是不擅長戰鬥的麥格達蘭，也可以看得出匙元士郎已經具備龍王級的實力。儘管如此，還是完全發揮不了任何作用。一方面固然是因為戰鬥方式受到對方克制，一方面更是因為比迪斯已經將本身的特性完全活用到爐火純青了。

這就是他透過「國王」棋子所得到的才能啊……

麥格達蘭再次體認到「國王」棋子能造成的「異常」，而感到畏懼。

『……可惡。』

單膝跪下的匙元士郎大口喘著氣。鎧甲底下已經是遍體鱗傷了吧。一旦形成了消耗戰，先耗盡體力的必定是他——

相較之下，對手還是一臉游刃有餘的表情，彷彿消耗的魔力連百分之一都還不到。

比迪斯帶著殺意，緩緩走向跪在地上的匙元士郎。就在這個時候——

一個散發出極大鬥氣的人，從後門高速衝進城內。

比迪斯輕盈地閃過來者的攻擊——但對方來勢洶洶的攻擊儘管揮空了，餘波卻破壞了城內的一部分。

光是拳頭的餘波就能夠造成破壞——

這樣的惡魔屈指可數。若是限定在巴力家的話——

介入比迪斯．亞巴頓與匙元士郎之間的，是個身穿狀似獅子的黃金鎧甲的男人——

男人——塞拉歐格，對匙元士郎露出微笑。

「怎麼啦，匙元士郎啊。你的意志可沒有這麼弱小吧？」

面對塞拉歐格的登場，匙元士郎因為滿腔歡喜而以哭腔吶喊。

『……老大！』

哥哥塞拉歐格站在比迪斯面前。而比迪斯毫不畏懼地笑了。

「哎呀，這不是塞拉歐格．巴力嗎。新生代的『國王』當中號稱最強的潛力股……」

塞拉歐格對比迪斯說：

「比迪斯大人，現在回頭還來得及。請您不要玷汙尊貴的排名第三之名……」

「說得好像你會獲勝似的。呵呵呵，你也太小看我了吧，大王家的繼任宗主大人。」

見比迪斯的態度毫不改變，塞拉歐格也下定決心一戰，緊緊握起拳頭。

「……這樣啊。既然如此，我就得恪盡身為反恐小隊『D×D』的職守了。」

「新生代第一把交椅要對付我啊，有意思！」

比迪斯毫不留情地在塞拉歐格身邊製造出無數的「洞穴」。魔力波動從中一口氣射出。

塞拉歐格扭身閃躲那些攻擊，或是以帶著鬥氣的拳擊彈開。能夠以拳頭正面擊落對手的魔力攻擊的人，恐怕也只有這個男人，還有同屬「D×D」的赤龍帝了吧。

塞拉歐格瞬間拉近間距，擺出體術的架式。他的每一個動作都是那麼洗鍊，毫不拖泥帶水，只打算以最高速度將拳頭送到對方身上。然而，比迪斯．亞巴頓只是將臉部從正面往旁邊一偏就躲過了。

——不過，塞拉歐格的拳頭上的鬥氣擦過比迪斯的臉頰，留下一道傷痕。對於這樣的結果，比迪斯喜不自勝地揚起嘴角。大概是對方打出來的拳頭的速度比他預料中的還要快，讓他興奮起來了吧。

塞拉歐格毫不止息地踢出一腳，接著又是一拳，然後接著又是一拳，展開拳腳的亂打。但是，比迪斯排名遊戲前三名的實力可不是浪得虛名。他正面迎戰最強的新生代，拆解對手的體術。他以輕盈的步法躲過塞拉歐格銳利的下段踢，並且以反擊拳的要領使出一記手背拳，打在青年大王的臉上。塞拉歐格也不甘示弱，儘管中了對手的手背拳依然不為所動，繼續發動攻擊。

的確，比迪斯使用「國王」棋子強化了自己。然而，剛才的體術是在實戰之中日積月累而成。他在頂尖選手群當中累積的經驗也是不爭的事實。

比迪斯接著提升了一個檔位，改用搭配「洞穴」的方式發動攻擊。

一個「洞穴」出現在塞拉歐格背後，並且準備從中吐出魔力攻擊。塞拉歐格也察覺到危險的氣息，正要往旁邊閃躲，但他的腳邊又冒出一個不同的「洞穴」，像是早就料到他的動作似的。比迪斯的手從裡面伸了出來。他將手臂穿過「洞穴」，抓住了準備逃開的塞拉歐格的腳。

腳被抓住的塞拉歐格無法成功逃開，毫無防備地中了從他背後的「洞穴」當中射出的魔力攻擊。他背上的鎧甲碎了開來，鮮血也飛濺到四周。

而這只是開端。接下來，比迪斯使用「洞穴」展開了連續攻擊。就像剛才匙元士郎應戰時一樣，「洞穴」化解了塞拉歐格的攻擊與防禦，只有比迪斯的攻擊不斷擊中青年大王。與匙元士郎不同的，是透過無數「洞穴」從死角發出的魔力攻擊，並未全數命中塞拉歐格。不知道是他野生動物般的直覺，還是歷經實戰所得到的經驗，他有時還能夠順利化解攻勢。

——不過，也只有這樣而已。比迪斯的攻勢只有越來越凌厲。即使塞拉歐格的拳頭好不容易有機會打中了，他的拳頭也會在即將命中的那一剎那被「洞穴」吸進去。被吸進去的拳頭，會從出現在塞拉歐格的臉部旁邊的「洞穴」伸出，演變成自己打自己的結果。

「……我還是第一次被自己的拳頭毫無保留地擊中啊……原來如此，就像兵藤一誠他們說的一樣，相當帶勁。」

腳步踉蹌的塞拉歐格自嘲著自己的拳頭的威力。從沒有意識到的地方遭受攻擊，造成的傷害遠比預期之中大上許多。而且還是經過鍛鍊，最強的新生代的拳頭，也難怪身體會失去平衡。

伸手拭去嘴角滲出來的鮮血，塞拉歐格調整好呼吸之後，再次挑起戰鬥。

儘管如此，塞拉歐格的攻擊還是對比迪斯不管用。比起剛才的匙元士郎，他被克制得更為嚴重；不，這應該訂正一下。對上比迪斯的話，大部分的人都會陷入不利的狀況。比迪斯・亞巴頓使用「洞穴」的技術，就是如此出類拔萃。

無論面對怎樣的對手，都能夠將戰鬥調整為自己的步調……堪稱最具象徵性的技巧型選手——

終於，塞拉歐格也因為累積的傷害而單膝跪地。

麥格達蘭沒有親眼看過塞拉歐格與邪龍格倫戴爾的戰鬥……不過，他知道現在的狀況恐怕比那場戰鬥還要艱困。

「唔……！」

面對攻擊打不中對方，只有自己受到的傷害不斷累積的這個現況，塞拉歐格露出苦澀的表情。

『怎、怎麼會這樣……塞拉歐格老大竟然……！』

塞拉歐格應戰的結果也讓匙元士郎大受打擊。

然而，比迪斯搖了搖頭。

「不，你們不需要那樣哀聲嘆氣。老實說，我也相當驚訝。我好歹是人稱魔王級的強者。只要我有那個意思，就可以製造出特大號的『洞穴』，從中產生出足以輕易炸燬一座城鎮的魔力。如果能夠用這招迅速分出勝負的話，我早就這麼做了——但是，我非得壓縮魔力，從正常大小的『洞穴』發動攻擊，才能夠對那位弗栗多以及繼任宗主大人造成傷害。換句話說，你們『D×D』已經成長為十分強悍的惡魔了。」

比迪斯摸著下巴，不住點頭。

「是堪稱生死關頭的實戰讓你們成長的吧。當然，你們本身也具備足以變強的要素……我都不禁對你們身處的狀況再次感受到強烈的敬畏之意了。」

排名遊戲的頂尖選手如此稱讚他們。然後，對方又如此補充：

「正因為如此我才要這麼說。塞拉歐格，你也是因自己的才能與血統而感到苦惱的惡魔。如何？你要不要也用一下——『國王』的棋子啊？」

比迪斯伸出手，如此出言誘惑。

塞拉歐格皺起眉頭。

「……您這是什麼意思？」

比迪斯回答了塞拉歐格的這個問題。

「聽說，古老的惡魔們手上，還有『國王』的棋子。在取下大王的首級之後，我可以拜託協助我的人，請他將那種棋子給我一顆。你就使用那個棋子，成為真正的大王吧。大受民眾支持的你，想必可以將大王家經營得更為有聲有色。新的巴力大王就從你開始了。」

比迪斯望著塞拉歐格、麥格達蘭、匙元士郎等人這麼說。

「聽好了，新生代的菁英們，你們要牢牢記住這番話——排名遊戲屬於貴族所擁有。是上流階級才能夠真正享受的娛樂。既沒有才能也沒有財富更沒有地位的下級惡魔、轉生惡魔竟然想要享受排名遊戲的樂趣，簡直可笑至極。」

確實是很像上流階級人士會說的話。就某種角度來說——不，至少截至目前為止，真相的確是這樣。如果再這樣下去，沒有任何改革或是大幅度的變動的話，排名遊戲的發展只會維持現狀吧。

而塞拉歐格——只回應了三個字。

「……我拒絕。」

比迪斯像是懷疑自己聽錯地反問：

「……你說什麼？」

塞拉歐格硬是挺直顫抖的雙腳，站了起來，直截了當地放話。

「我不打算否定自己一直以來的生存方式！一路走來的這半生，是我的驕傲！你要我將截至目前為止所得到的痛苦、不甘、歡笑、喜悅、勝利、敗北，全部都丟掉嗎！我才不會丟掉！我的拳頭、我的肉體、我的靈魂，還有我的眷屬，全都是因為我經歷過的所有戰鬥才能夠得到的，我的寶物！我才不想丟掉這一切，換取虛假的才能！」

塞拉歐格一步又一步走向比迪斯，震撼力驚人。

「無論是人在那裡的匙元士郎，還是赤龍帝兵藤一誠，一定也都會這麼說——不必經歷痛楚就能得到的實力，還有什麼價值……！你完全不顧慮他們這一年以來經歷過多麼嚴苛的考驗就與之為敵嗎！那麼，無論你是名列前茅的選手，還是古老惡魔們的傀儡，我都只能不帶任何猶豫打倒你！」

塞拉歐格的吶喊——讓匙元士郎不禁啜泣。

『……老大……老大——！』

塞拉歐格的視線——忽然轉向麥格達蘭這邊。

「麥格達蘭也放心吧——我一定會救你出去。」

塞拉歐格露出了笑容。

……麥格達蘭早就知道了。這個男人在戰鬥的時候，一直都顧慮著他——塞拉歐格一直小心翼翼地戰鬥，以免比迪斯的攻擊飛向這邊，不讓對手瞄準這邊。麥格達蘭早就發現了。要是塞拉歐格沒有那做的話……應該可以打得更像樣一點才對。然而……這個男人，卻選擇了「保護」他。

——自己發誓過不那樣叫他。

自己早就決定，絕對不叫他哥哥，不稱他作兄長大人。

麥格達蘭不會忘記他硬是搶走繼任宗主的寶座。

但是，這時浮現在麥格達蘭腦中的，是年幼時的記憶。雖然只有短短幾年，但自己曾經跟在塞拉歐格後面到處跑，每天都要哥哥陪自己玩。當時的記憶在麥格達蘭的腦中閃現。

一起在城裡、庭院裡奔跑，在城內的一角打造祕密基地，一起玩耍的那些日子——

——不能那樣叫他。

有一天，麥格達蘭到巴力城附近的山上找罕見的花朵時，遭到魔物襲擊。當時他是偷偷溜出去的，沒帶任何士兵。對於年幼的麥格達蘭而言，那隻魔物足以輕鬆奪走他的性命。

就在那個關頭——他的哥哥，塞拉歐格來救他了。他看見的，是擋在他的身前，勇敢地站在魔物面前的哥哥的背影——

——怎麼可以那樣叫他。

他從來不曾忘記哥哥當時說過的話。

『——離開我的寶貝弟弟！由我來對付你！』

哥哥保護著自己的模樣——比任何事物都令他引以為傲，也比任何人都還要帥氣。

「——你是我的寶貝弟弟。我一定會好好保護你，打倒眼前的敵人！」

眼前所見，是面對魔王級的強敵仍然毫不退縮的塞拉歐格。

而且，哥哥……又站在自己的面前，想要救身為他的弟弟的自己。他現在的行動和過去的模樣重疊在一起，讓麥格達蘭忍不住留下淚水。然後更放聲慟哭。

「……兄長……大人……！對不起……！一直以來，我做了很多對不起你的事情！我打從心底輕蔑沒有遺傳毀滅之力的你。也真心怨懟從我手上搶走繼任宗主之位的你！我恨你！很想乾脆殺了你！」

這是麥格達蘭的真心話。自己真的憎恨他。真的很想殺掉他。哥哥的勝利等於是否認了自己這半生的一切，讓麥格達蘭非常難以接受。

麥格達蘭繼續說出心裡的話。

「我……是個卑鄙的男人。我在背地裡動手腳，數度企圖妨礙你。你應該也發現到了才對。無論你想做什麼，都會被我暗中阻撓。儘管如此，你還是沒有對我做出任何動作！就連一句怨言都沒有對我說！」

沒錯，他為了摧毀哥哥，為了給哥哥添麻煩，而把私人恩怨帶進了政治之中。他數度阻撓哥哥，數度試圖陷害哥哥。事實上，塞拉歐格確實也好幾次都被迫處理相當艱困的局面。

——儘管如此，哥哥還是完全沒有責怪過自己。

哥哥只是不斷反省自己，說自力有未逮、說自己人望不足，從來不曾責怪過弟弟。

塞拉歐格……頭也不回地這麼說：

「我從你手上搶走了繼任宗主之位，而且為的是滿足我自己的任性，要讓那些拋棄我的人承認我的力量。所以，我早就決定了。如果有人要發洩不滿，而且只衝著我來的話，我會全盤接受。無論是繼母大人還是你要如何怨恨我，我都會全盤接受。」

說完，塞拉歐格轉過頭來。他的表情，就像是哥哥帶著溫柔的神情包容著弟弟的惡作劇似的——

這樣的塞拉歐格，對麥格達蘭開口謝罪——

「麥格達蘭，我的弟弟啊。我也該向你道歉。我真的給你添了很多麻煩。請你原諒我這個沒擔當的哥哥吧。」

……麥格達蘭早就知道了。哥哥是認同他的——

他喜歡花草、喜歡樹木。比起繼任宗主，他更想當的是植物學者。但是，就因為擁有毀滅之力，他只能坐上繼任宗主的寶座。

無論是他重現的紫花，還是稀有的蘋果，巴力家當中都沒有任何人為此而稱讚他，唯有哥哥願意認同他，還想將弟弟的功績大為推廣。

——只有哥哥把自己當成家人，找自己說話。

無論是自己，還是哥哥，都只是遭到巴力家擺布而已——所以……彼此憎恨、兄弟鬩牆……本身就是一件愚蠢的事情。兄弟應該一起對抗巴力家才對。

麥格達蘭吶喊道：

「兄長大人！你一定要贏！因為只有你……只有兄長大人，才是我的哥哥、才是巴力家的繼任宗主！讓我見識一下！展現出巴力家的『毀滅』吧！」

弟弟的吶喊讓哥哥——讓塞拉歐格露出英勇的微笑。

「——嗯，我知道。」

塞拉歐格看著比迪斯．亞巴頓，握起拳頭。

「舍弟麥格達蘭——他比我聰明，最難得的是思緒靈活。他能輕易察覺到對方的細微反應，相信能夠以我辦不到的細膩方式處理政事——總有一天，他會繼承這個巴力家。有我最引以為傲的弟弟，大王家的未來光明可期。畢竟他和我很像，堅忍不拔——又一心一意！」

塞拉歐格向前挺出拳頭，對比迪斯宣言。

「——比迪斯．亞巴頓大人，接受我賭命的一擊吧。」

逐漸地，塞拉歐格的鬥氣變得越來越強。

「咱們上！吾之分身，獅子雷古魯斯啊！」

『是！即使此身滅亡，我也將與您同行！』

呼應主人的聲音，胸口的獅子的雙眸開始發出耀眼的光芒。鬥氣變得更為強大，擴張到足以籠罩這整個空間。

塞拉歐格編織出帶有力量的話語——

「——即使此身此魂墮入千尋深淵幾千回！」

獅子也隨之吟詠：

『吾與吾主也要奔上王道幾萬回，直至此身此魂消磨殆盡！』

「低吼吧，誇傲吧，屠殺吧，然後閃耀吧！」

『——即使此為魔獸之身！』

「——寄宿於吾之拳上吧，光輝之王威啊！」

鬥氣捲起凌厲的旋風，氣流更從後門——將無數的紫色花瓣拽了進來。綻放在城堡內外每個角落的紫花花瓣，隨著旋風在塞拉歐格身邊飛舞。

「——飛舞吧！」

『——飛舞吧！』

「『——盡情綻放吧！』」

麥格達蘭忽然回想起來。年幼時，哥哥前來搭救遭受魔物襲擊的他，兩兄弟就這麼在山中拚命奔馳。奔馳到最後，兩人來到的地方——是綻放著五顏六色的花朵的原野。當時颳起了一陣風，空中充滿了色彩繽紛的花瓣，漫天飛舞。

——沒錯，美不勝收。他一心只覺得那景色是如此美不勝收。

裹著塞拉歐格的鬥氣又脹大了一圈。

「『——霸獸（breakdown the beast），解放（climb over）——————！』」

然後一舉爆發了！

出現在原地的——是外型變得更加雄壯、更具攻擊性的獅子鎧甲。是以金色與紫色為基調的新鎧甲——

帶著金黃色的紫色鬥氣，圍繞在塞拉歐格身上。鬥氣之濃密，讓遠在一段距離之外的麥格達蘭都感覺到背脊一涼。就連匙元士郎的詛咒也暫時受到壓制。

對於這樣的結果，比迪斯也大驚失色。

「…………——！這是……霸之理在你身上顯現了嗎……！」

——霸獸。

沒錯，塞拉歐格暫時解放了遭到封印的神滅具之力。這是封印著傳說中的魔物的神器才能夠施展的招數……但是必定伴隨著危險。風險想必相當高吧。

因為，封印了二天龍的神器的解放狀態——霸龍(juggernaut drive)，也同樣一一奪走了歷代持有者的性命。

或許是已經開始受到影響了，塞拉歐格從口中吐出鮮血。

塞拉歐格咬緊牙關說：

「——獅子王的紫金剛皮(regulus ray leather rex imperial purpure)，霸獸式。是我逼迫自己直到極限之後所發現的，破壞的具象化。以我的生命為食糧，換取在短時間內爆發性地提升力量的變化……好了，雖然不具備

『毀滅』之力的拳頭，不過我還是要將巴力家的『毀滅』敬贈給你！」

塞拉歐格發揮神速，從眾人眼前消失。就連匙元士郎也完全掌握不到的他的起手式，但比迪斯似乎憑著氣息掌握住了，並接著在前方展開防禦魔法陣。那並不是普通的防禦魔法陣。乍看之下相當輕薄，但其實是一種經過壓縮再壓縮的堅固術式。

一聲不響地出現在比迪斯眼前的塞拉歐格，從正面打出凌厲的正拳。他的拳頭上，帶有混雜金黃色的紫色鬥氣，而且濃度極高。防禦魔法陣──完全抵擋不了拳頭的攻擊，遭到粉碎，但比迪絲毫不在意，接著又變出「洞穴」。

他大概是想讓正拳穿過「洞穴」，再次以反擊的要領打在對手身上吧。然而──

磅啷！──隨著這一道清脆的聲響，那個「洞穴」輕易遭到粉碎，拳頭深深刺進比迪斯的腹部！

「咳噗！」由於攻擊太過強大，比迪斯從口中吐出大量的鮮血。僅僅一擊，衝擊便足以震盪整座城堡。

正拳的力道穿透了對手的身體，大幅破壞了他背後的後門牆壁，仍然繼續往前傳遞，不斷往前傳遞，直到遙遠的後方。塞拉歐格這一拳的餘波一直傳遞到肉眼看不見的遠方──並且一路挖開地面。

比迪斯摀著腹部，暫且拉開距離。他的表情充滿了驚愕。

「——你竟用普通的拳頭粉碎了我的『洞穴』！」

正如他所說，「洞穴」——被普通的拳頭粉碎了。直到剛才為止，「洞穴」都能夠吸納所有的攻擊，怎麼想都不可能以物理現象破壞。

然而，塞拉歐格的攻擊就連那樣的「洞穴」都破壞了。

塞拉歐格舉起拳頭怒吼：

「我的拳頭，只會破壞。無論打在任何事物上，都只會破壞！唯有千錘百鍊才能夠成就的吾之一擊，你就好好親身品嘗一下吧！」

塞拉歐格再次高速飛了出去。即使面對這種狀態的他，還是能夠跟上他的速度的比迪斯，就這個角度來說也是個怪物吧——但是，比迪斯現在已經無法化解對方的攻擊了。

拳頭超越了他扭身閃躲的技巧，揍在他身上；踢腿粉碎了他的魔力與他的「洞穴」特性，襲擊而至。每一記攻擊都讓這座城堡放聲哀號，天花板甚至已經龜裂，並且崩塌了一部分。不僅如此，無論比迪斯是躲過了，還是中招了，拳打腳踢都產生出激烈的餘波，造成的影響更廣及城外。

絕對的攻擊力——！

這純粹只是經過提升再提升的物理攻擊。沒有經過任何加工。只是正面迎向敵人，正面痛毆敵人，正面狠踹敵人——和剛才不同的，只有威力已經提升到足以撂倒魔王級的高手！

光是這樣，就足以壓倒排名遊戲第三名的選手。只靠力量，就快扳倒技巧型的象徵了！

數十秒之後，單膝跪地的——是比迪斯．亞巴頓。

由於狀況太過異常，他的表情完全充滿了困惑以及驚愕之色。

「……怎麼可能……這是怎麼了，這到底是怎麼一回事……？不就是普通的拳頭嗎？不就是普通的踢腿嗎……為什麼……能粉碎我的『洞穴』？為什麼……能破壞我的魔力！」

塞拉歐格也並非安然無恙。他越是戰鬥下去，消耗的生命力就越多。他的身體也開始抗議，從鎧甲的隙縫當中噴血，嘴裡也不斷淌出鮮血。

儘管如此，他的鬥氣與震撼力依然絲毫沒有減弱，步步逼近比迪斯。

塞拉歐格在比迪斯眼前說：

「——你靠財富買來缺乏的才能，我靠修練以及自己的生命的光輝補足缺乏的才能。就只是這樣而已。」

面對充滿震撼力的這番話——大概是感覺到自己面臨危險了，比迪斯開始展開轉移魔法陣。他大概是想撤退了吧。

——但是，不知不覺間，一根黑色的觸手已經纏在他的手腕上！

那是弗栗多的觸手。匙元士郎發出黑色的火焰，順著觸手延伸過去。

『——別想逃。』

匙元士郎站了起來。然後，他踏著不穩的步伐，一步又一步拉近與比迪斯之間的距離。

「——！這、這是弗栗多的觸手嗎！什麼時候纏上來的！」

看見驚訝的比迪斯，匙元士郎得意地笑了。為了不讓對方逃走，他絞緊觸手，同時說：

『——我是刻意隱形起來讓你看不到的。趁你露出破綻時好不容易才纏了一根上去……老大……讓我也參一腳吧。就算是第三名的頂尖選手，我也得很狠揍那個傢伙一拳才行。』

匙元士郎繼續拉近距離，握起拳頭。

即使被觸手綁住了，比迪斯依然採取迴避動作，但儘管只有一瞬間，怒火中燒的匙元士郎的動作，超越了比迪斯！

他進入了從正面出拳攻擊的態勢。

『你瞧不起兵藤一誠……瞧不起賭命保護許多人的，我最重要的摯友！唯有這件事我絕對無法寬恕！』

匙元士郎奮力打出的拳頭，隨著「咚叩！」一聲深深刺進比迪斯的臉部。

瞬間，漆黑的火焰從匙元士郎身上延燒到比迪斯身上。

「……好燙！這種黑色的火焰是什麼……！」

比迪斯試圖撲滅火焰，但弗栗多的邪炎絲毫沒有熄滅的跡象。在他大驚失色的時候，塞拉歐格也走向他。

「這是經過不斷琢磨的火焰，是永不放棄的人所創造出來的，充滿執念的一擊。」

匙元士郎剛才那一拳打得比迪斯站不住腳，讓他連逃離現場的力氣都不剩了。他的雙腳不住顫抖，就連站著都很勉強。

塞拉歐格毫不留情地擺出出拳的姿勢。

「——比迪斯‧亞巴頓大人，我要以這一拳粉碎您的野心。」

「不過是區區的拳頭能夠有什麼作為！」

如此嘶吼的比迪斯‧亞巴頓，在自己身前展開了好幾層防禦魔法陣以及「洞穴」——然而，塞拉歐格灌注了生命力打出的拳頭，輕而易舉地粉碎，再粉碎，完全粉碎了那些防禦手段，打進比迪斯的胸口！

隨著一個清脆的聲音，剛才這一拳的衝擊往周圍擴散，破壞了地板、天花板、牆壁的同時，對比迪斯的身體造成了致命的一擊。

「……我、我可是……排、排名第三啊……人稱……魔、魔王級的……」

只留下這句話，比迪斯‧亞巴頓終於當場撲倒。

塞拉歐格面對倒下的比迪斯說：

「——我們一路走來靠的都是拳頭。我、兵藤一誠、匙元士郎，加入『D×D』的男人們一直都是靠拳頭來保護重要的事物。」

賭上生命的戰鬥——

如果說比迪斯．亞巴頓和塞拉歐格他們「面對戰鬥的心態」有什麼差別的話，就是這一點了吧。

終究，將排名遊戲的戰鬥當成遊戲的人，和將排名遊戲的戰鬥也當成戰場的人，從對於戰鬥所抱持的覺悟就不同了。

而這也定出了勝負——

塞拉歐格和匙元士郎對抗比迪斯．亞巴頓之戰結束了。兩人大概都因為戰鬥的疲勞累積到極限，他們的鎧甲都解除了。

那時，外面的狀況也漸漸恢復了平靜。麥格達蘭原本以為是哥哥的眷屬和蒼那．西迪的眷屬阻止了亞巴頓眷屬，不過，似乎是有新的援軍加入，才成功鎮壓了那些反叛之徒。

前來助陣的人，從後門現身了。

那是一位頭上長著兩根角，有著一頭淡粉紅色波浪長捲髮的女子。身上穿著開高衩的妖豔洋裝。外表看起來將近三十歲。

在場的所有人都認得那位女子。

女子看見比迪斯的模樣，嘆了一口氣。

「我聽說比迪斯前來攻打巴力城才來阻止他的……看來，事情已經結束了呢。」

——羅伊根．貝爾芬格。排名遊戲第二名，頂尖選手之一。

這就是那位長了角的美麗女子的真實身分。同時也是貝爾芬格家的現任宗主。

這位美女經常與賽拉芙露．利維坦以及葛瑞菲雅．路基弗古斯並稱，在冥界也是首屈一指的強者。

看著倒在地上的比迪斯，羅伊根瞇起眼睛。

「我也和他一樣使用了『國王』棋子，也就是所謂的作弊組。但是，獅子王小弟。對於得到這股力量以及現在的地位，我並不後悔。可是，就算這個事實傳遍了冥界，我也不會像比迪斯那樣胡亂遷怒別人……我想要足以在那個舞台戰鬥的力量。只不過是這樣罷了。除了有高層壓力的比賽以外，我都打得很認真，也很開心。」

沒錯，羅伊根．貝爾芬格也是在迪豪瑟．彼列的告發當中所公布的，使用了「國王」棋子的選手。然而，她似乎完全沒有像比迪斯那樣造反的意圖。

「現在，從軍隊到警察在這個非常時期大概都忙得不可開交吧，所以我也得和你們一起對付其他造反的上位選手才行。」

——甚至還表示願意協助。

羅伊根向塞拉歐格問道：

「獅子王小弟，你喜歡排名遊戲嗎？」

對於這突如其來的問題，塞拉歐格不知道該說什麼，但羅伊根帶著微笑，接著這麼說：

「——我喜歡排名遊戲。迪豪瑟大概也一樣吧。因為，那個男人比任何人更愛排名遊戲。不過，真的很抱歉。從第一名到第三名，我們幾個全都是笨蛋……」

說著，羅伊根抱起倒在地上的比迪斯，交給在後門待命的衛兵們。

羅伊根．貝爾芬格看起來甚至有種無奈的感覺。

「塞拉歐格大人！麥格達蘭大人！」

然而，她還無暇擔憂排名遊戲的未來，巴力城的衛兵之一便跑了過來。衛兵的表情當中充滿了戰慄之色。

「怎麼了？冷靜一點，好好報告。」

聽塞拉歐格這麼說，衛兵連忙順了順呼吸。

「是、是的。事、事情是這樣的……666出現在人類世界了！牠出現在歐洲那邊——以及日本近海！」

666出現在人類世界——

大家最害怕的事情，終究還是發生了。

Life.2 「D×D」小隊出擊！

我——兵藤一誠在病房裡，換上了平常穿的駒王學園制服。其實已經有種說到我的制式服裝就是這個了的感覺。不過，如果要準備「D×D」專用的服裝也不錯，等到我組成自己的隊伍之後，再準備專用的感覺也很棒。

身體狀況……還不算差。如果試圖說出，或是認真想到那個東西的話，就會全身感覺到劇痛，不過除此之外都和平常沒什麼兩樣。

據德萊格表示，雖然龍神化的反作用尚未消退，但神器還是可以照常使用。禁手化也可以，真「皇后」的話也還能夠變身。而飛龍(wyvern)能用，「穿透」能力也沒問題。如果只用一次的話，發射神滅碎擊砲也行。

……也就是說，只有龍神化——「D×D」(Diabolos Dragon)完全不行。畢竟用了那招的話，又會陷入瀕死狀態嘛。

到神滅碎擊砲為止都能用的話，就很好了。我就能夠戰鬥了

但是，醫生、爸媽和夥伴們都叫我要躺著靜養。大家都說，至少等到龍神化的影響消

退，或者是症狀緩和之後，才可以戰鬥。

……話是這麼說沒錯啦。可是現在全世界都面臨危機，就連莉雅絲和愛西亞都在戰鬥，我又怎麼能躺著不動呢？光是北歐防衛戰的時候無法出戰，就讓我滿心歉疚了。

忽然，一直開著的電視當中傳出小朋友們的聲音。

好像是記者正在訪問避難中的小朋友們。

『吶，小朋友們。怪物可能會來冥界耶，你們怕不怕？』

聽記者小姐這麼問，小朋友們毫不畏懼，各個帶著笑容回答。

『不怕！因為胸部龍會打倒那個怪物！』

『還有獅子先生！他一定會「碰——」一拳就打倒黑色的龍！』

『這種時候，黑暗騎士獠牙也會幫胸部龍的忙，一起打倒怪物！』

『我也想和開關公主一樣幫大家的忙。她還會發射光束，好厲害。』

『天使大哥哥好像也很厲害。他是胸部龍的朋友所以一定很厲害。』

『屁股龍最厲害了！電視上說他是胸部龍的勁敵，而且妳看，玩具也出了紅色的胸部龍和白色的屁股龍兩種喔。只要拿著這個我就不怕了。』

…………

……小朋友們看起來一點也不害怕。看著他們的模樣，我不禁千頭萬緒湧上心頭。

「D×D」小隊的事情已經傳遍整個冥界，就連那麼小的小朋友們都知道成員有哪些人。

大家都相信我們會合作對付凶惡的敵人。事實上現狀也是如此沒錯，冥界的小朋友們都相信我們一定會打贏。

無論「魔獸騷動」的時候、在吸血鬼國度的那場戰鬥，還是奧羅斯學園及天界防衛戰的時候，大家都相信我們打倒了那些壞蛋。

……而我們也失敗過。不，我們經歷過一堆失敗。我們經常贏得很辛苦，更有許多未能成功保護的事物。聽說也有人在責難我們。

——儘管如此，哪怕只有一個人願意相信；不，就算沒有人相信也無所謂。有許多我想拯救的生命，所以我就想去拯救他們。

嘿嘿，儘管每次聽見我在劇中的角色名字，就感覺到渾身劇痛……不過，我會當作這是開心的尖叫，好好忍耐就是了。

無論如何，現在的狀況是分裂的666之一往日本去了。剛才，莉雅絲直接告訴了我這件事。

照理來說，為了讓我靜養，他們應該極力對我隱瞞這一類的資訊才對，不過既然待在醫院，再怎麼不願意也會聽到666出現在人類世界的消息。

因為那些資訊都已經是在電視、報紙，以及冥界的各大媒體大肆報導的熱門新聞。護士和住院病患們大概也都在討論這件事，只要我待在這裡，消息傳到我耳中也是遲早的事情。

既然如此，不如自己親口向我報告，所以莉雅絲才告訴我６６６正前往日本的消息。告訴了我之後還是說「希望你千萬要好好靜養」——不只莉雅絲，連愛西亞都這麼說……可是都知道那種消息了，我總不能靜靜待在這裡躺在床上吧。

幸好老爸老媽不在日本，兩位都在這間醫院待命。在家裡靜養的奧菲斯聽說也被帶到冥界來，藏匿在吉蒙里城的地下。跟著阿撒塞勒老師回來的莉莉絲和木場的同志托斯卡好像也在那裡。家人的安危目前不需要擔心。

可是，日本還有我的奶奶和朋友……松田和元濱、桐生、班上的同學們、在京都認識的九重她們，還有很多親朋好友都住在那裡。

——我沒辦法裝作沒事。我怎麼可能辦得到！我可是在那個國家出生長大的啊！

我是——日本人。也許我的身體已經是惡魔又是龍了，但內心還是日本人。依然保有日本人的魂魄！

那裡是我的故鄉，我一定要好好保護！所以，我要去！我在日本還有很多事情想做啊。

無論如何我都要從那所學校畢業。我要和愛西亞、潔諾薇亞、伊莉娜、木場、匙、松田、元濱、桐生，大家一起順利從那所學校鵬程萬里！莉雅絲和朱乃學姊、蒼那前會長也是，不久之後就可以畢業了。

我們大家還要一起回那所學校上課！

穿上制服後，我準備離開病房。應該有哪個同伴還留在這間醫院才對。我要和大家一起出發。我本來就應該去！

離開病房之後，我看見一個靠牆站著的人。

——是瓦利。

看見意外的男人令我吃了一驚……而瓦利本人則是看見我就笑了出來。

「哼，我本來想在啟程之前過來看你一下的，結果你好像在換衣服，所以我就在這裡等你了——你也要去，對吧？」

「是啊，那當然了。」

聽我這麼說，瓦利只是無畏地笑著……但視線卻投向走廊的前方。我也看了過去——發現我的老爸老媽就站在那裡。老媽拿著一籃水果，老爸手上則是拿著漫畫雜誌。大概是帶來慰問我的吧。

他們看見我顯得相當驚訝，卻沒有生氣，也沒有難過。

我對他們兩位說：

「老爸、老媽，我有點事情要辦，去去就回。」

老媽硬是擠出笑容說：

「……來得及回家吃晚餐吧？」

「…………那是當然！」

我有點不知道該怎麼回答。問我要不要回家的話我當然是打算回家，可是趕得上晚餐時間嗎……搞不好得打上好幾天呢……

老媽從懷裡——掏出了一個老舊的護身符。

她交給了我。

「這個護身符，是媽媽一直帶在身上的東西，你拿去吧。媽媽一直覺得是因為有這個才沒有碰上壞事。」

「啊……嗯，謝謝老媽。」

不知道這個護身符有什麼效用，不過既然是老媽要給我的，應該很是靈驗吧，就借用一下好了。

忽然，老爸的視線移到瓦利身上。

「你是……一誠的朋友對吧？你經常來家裡玩對不對？」

這番話讓瓦利嚇了一跳。瓦利確實是偶爾會進來兵藤家沒錯啦……原來老爸有看到過他，而且還記得他啊。

「……我們只不過打過幾次照面而已，你就記住我了嗎……？」

聽瓦利這麼問，老爸露出微笑。

「那當然了。只要是一誠的朋友，我都不會忘記。畢竟我們家的兒子平常這麼受你們這些朋友照顧。」

「就是說啊。你那頭銀髮我也記得很清楚。」

老媽也跟著這麼說。

瓦利難得做出很不像他會做的事情，開始自我介紹了起來。總覺得還有點害臊。

「該怎麼說呢，我……應該算是他的宿敵吧……」

對於瓦利的勁敵宣言，老爸是出乎意料的開心。

「宿敵……這樣啊！你果然是一誠的朋友嘛！」

老媽好像也認定瓦利是我的朋友了，開心地說：

「哎呀！一誠居然有這種型男朋友啊！還有木場也是，沒想到這個孩子也能夠和帥氣的男生交朋友呢！」

什麼叫沒想到啊……也、也罷，我和松田、元濱他們混在一起那麼久了，所以老媽才會以為我的朋友都是那樣吧。其實我還有很多非人類的朋友喔。

不過，瓦利搖了搖頭。

「我們的關係沒那麼好。我是真的想打倒他。為了達到目的，我原本想激怒他——甚至還想過要殺害他的雙親，將他塑造成一名復仇者。」

——！

……他突然如此坦承，就連我也大吃一驚。這、這種事情不用現在說吧？

這件事，是發生在我和瓦利第一次對戰時，也就是三大勢力的和平協商的時候。那個時候，瓦利為了煽動我、讓我得以提升力量，確實是說過那種話。

結果現在他突然在本人面前提這件事，害我嚇了一跳！

「唔，喂。瓦利，現在不用提那種事情吧？」

我自己和這個傢伙在那之後經歷過許多事情，所以已經不在意了……難道，這個傢伙一直很介意嗎？未免也太令人意外了吧。

瓦利不顧我的勸阻，認真向我的雙親問道：

「知道我對他說過『要殺了你的雙親』之後，兩位還覺得我是你們的兒子的朋友嗎？」

也不知道聽不聽得懂瓦利在說什麼，我的雙親都愣在那邊了……然後，他們互看了一眼，忍不住噴笑。

老爸朗聲對瓦利說：

「你們吵過架是吧。那不算什麼，年輕的時候總是會因為一些莫名其妙的小事和朋友吵架嘛。因為這樣而說出一些汙言穢語……或許也是難免。不過，你們現在已經和好了對吧？我看你們剛才很平和地在聊天嘛。」

「不，應該不能算是和好……只是我們現在組成了共同戰線……」

我也不知道該怎麼定義瓦利，只能這麼回答。

瓦利對於我的雙親的反應感到困惑，又問了一次。

「兩位的意思是要原諒我嗎？」

「也沒什麼好原諒不原諒的，你也是覺得自己那樣做不對，所以才特地告訴我們的吧？那就表示你反省過了嘛。既然反省過就算了吧？對吧，老婆？」

被老爸這麼一問，老媽也帶著微笑點了點頭。

「是啊。一誠好像也不生氣了，如果你今後願意和他好好相處，我們就放心多了。」

聽了他們的回答——瓦利一臉傻眼，不知道該說什麼才好。

「…………………」

他大概是覺得他們會生氣，會拒絕他吧。不過，我們家老爸和老媽都覺得那只是小孩子吵架的時候說的氣話，爽快地原諒了他。

不久之後，瓦利開懷大笑了起來。看著他孩童般天真無邪的笑容，害我不禁大吃一驚。這個傢伙也會發出這種少年應有的笑聲啊。

「哈哈，該怎麼說呢。兵藤一誠，我真的很羨慕你。」

在平靜下來之後，瓦利對老爸老媽這麼說：

「順便告訴你們，當時，比起我說要殺害他的雙親的時候，兩位的兒子在聽到我說要把莉雅絲．吉蒙里她們的胸部減半的時候更是暴怒不已。」

這次老爸老媽的態度大變，換上了憤怒之相！

「什麼！對胸部不利比對我們不利更讓你生氣嗎！」

老爸抓住我的肩膀，用力搖晃！咦！這、這樣不行嗎？

「沒、沒有，那是……等等，嗚嗚，我又感受到劇烈的頭痛了！」

他們在我的眼前提到那個詞彙，又害我頭痛了！

老媽也是一副怒上心頭，搖晃我的身體！

「我說一誠！那是怎麼回事，你好好說明清楚！」

「不是啦，聽我說！我的頭……！瓦利也是，不要說那種多餘的話好嗎！」

看見這樣的親子互動，瓦利那個傢伙──

「呵呵，哈哈哈哈！」

則是像個小孩子一樣放聲大笑──

告別老爸老媽之後，我和瓦利兩個人並肩走在醫院的走廊上。

瓦利的表情看起來神清氣爽。

「……我還是第一次帶著這樣的心情準備上場戰鬥。」

這樣啊。多虧了你打小報告，把我的離別場面搞得那麼悽慘！我的雙親一直到最後都還在生氣，說著「回來之後等著挨罵！」氣到不行耶！

我原本很想抗議，但瓦利忽然這麼說：

「——你也差不多該思考一下，組織專屬於你的隊伍了吧？」

——！

……沒想到他會突然對我說這個。不過，我覺得他之前好像也對我說過類似的話就是。

我以手指抓了抓臉頰，同時說：

「你要我現在就開始決定我的眷屬喔？惡魔的一生那麼長耶，讓我慢慢決定好嗎。人家說要是太早集齊眷屬的話，很快就會對漫長的一生感到厭倦了。」

聽我這麼說，瓦利搖了搖頭，繼續表示。

「不，眷屬固然也可以，但是組成一支有別於此的『隊伍』也不錯吧？我的隊伍也不是眷屬關係啊。而且，成為上級惡魔之後，除了眷屬以外，說不定也會擁有私人軍隊。」

「……非眷屬關係，專屬於我的隊伍……」

也就是說，並非惡魔的眷屬，而是像「D×D」小隊這樣，為了某種目的而聚集在一起的一群人是吧。的確，除了眷屬以外，組織這樣的隊伍或許也是可行之道。問題在於要以什麼為口的就是了……

私人軍隊也是，應該需要一個持續僱用他們的理由吧？光是僱用私人軍隊的話，以現狀來說我也不知道要叫他們幹嘛，僱用他們當兵藤家的警衛嗎？嗯——突然對我說這種事情，我也想不到該怎麼使用私人軍隊。

瓦利這麼告訴歪頭苦思的我。

「無論如何都要一戰的話，與其對付莉雅絲．吉蒙里所率領的隊伍裡面的你，我更想和你自己組織起來的隊伍戰鬥。這算是宿敵的任性吧。」

說的也是啦。莉雅絲和瓦利交戰的理由……相當薄弱。對莉雅絲而言，他是眷屬的宿敵；對瓦利而言，她是宿敵的主人。要他們因為這種理由而交戰好像也不太對……

既然如此，不如我獨立出來組織屬於自己的隊伍再和瓦利一戰，這樣也比較不會給莉雅絲添麻煩。

「……不過，還是得先過了這一關才行。」

——結果，瓦利像這樣結束了話題。自己拋出這個話題又自己收尾，這也太差勁了吧。

不過，我當場也點了頭。

「也對，就是這麼回事。」

「你可別死啊，兵藤一誠。」

「你也是啊，瓦利。」

正當我們像這樣激勵彼此的時候，待在前方休息區的阿撒塞勒老師出現在我的視野之中。

「喔喔，你們兩個來啦。」

仔細看了一下老師背後，神祕學研究社的成員們、瓦利隊、幾瀨鳶雄先生的刃狗隊都已經到齊了。

「老師和大家！」

「是阿撒塞勒啊。」

我和瓦利和大家會合之後——神祕學研究社的成員們都跑到我身邊來。

「一誠！你該不會是想戰鬥吧？身體沒問題嗎？」

「等一下等一下，你可以嗎，達令？」

潔諾薇亞和伊莉娜在我身上到處摸來摸去，確認我是否安然無恙。

我對大家說了：

「我也要戰鬥！666正在前往日本，讓我放心不下，我又怎麼可以自己一個人躺在醫院裡呢！」

聽了我的宣言，莉雅絲先是一臉有話想說的樣子，卻又像是決定不說了似的嘆了口氣。

「……我們也阻止不了你。」

「說的也是。要上就一起上，這樣才對。無論何時，我們總是一起度過難關。」

朱乃學姊也輕輕笑了幾聲，開心地接受了我的參戰。

但是，她們兩位同時伸出手指指著我，以強烈的語氣叮嚀：

「「可是，你絕對不可以逞強！」」

「好、好的！」

——我只能如此回答！激怒她們兩位的後果不堪設想，害她們難過的話就更不應該了。

愛西亞也點了點頭。

「是呀，日本面臨危機的時候一誠先生怎麼可能不奮起呢……雖然很擔心，不過我也會協助一誠先生，好好發揮自己的作用。」

如果是不久之前的話，愛西亞大概會說「請你不要去！」之類的，阻止大病初癒的我吧……該怎麼說呢，因為她已經很了解我了，所以開始傾向乖乖幫我療傷，尊重我的決定。

阿撒塞勒老師也苦笑了幾聲，嘆了口氣，然後在我頭上亂摸了一陣。

「也罷，我也不覺得你會乖乖躺著——千萬別逞強喔！」

「是！」

不愧是老師！真了解我！龍神化……最好還是別用吧。

忽然，蕾維兒站上前來，遞給了我一個小瓶子。

「這是一誠先生的不死鳥的眼淚……是、是我盡心盡力製造出來的喔。」

哦哦，是蕾維兒親手製造的啊！感覺應該特別靈驗，特別有效！

「謝謝妳，蕾維兒！」

在我道謝的時候，這次換羅絲薇瑟給了我一個護身符。是個日本風格的護身符。

「我仿效日本的護身符，將北歐的護符裝了進去。對龍神化的影響或許沒用，但是應該可以保護你免受其他災厄吧。」

連羅絲薇瑟都給我護身符！啊！我翻過來一看，背面有愛心圖案！知道被我發現之後，羅絲薇瑟害羞得滿臉通紅！感謝妳可愛的反應！

然後小貓……唉，小貓的那個我就看得很清楚……

或許是察覺到我落寞的眼神吧，不滿的小貓以手肘撞了撞我的肚子。

「……戰鬥中會變大，所以最好不要看過來，小心受傷。」

「好、好的！」

「……學長要趕快好起來，不然我變大也沒什麼意義，所以請學長不要逞強。」

——小貓有點傷心的這麼說，所以我摸摸她的頭，對她說「放心吧，我不打算死」。

接下來輪到木場拿了瓶裝飲料給我。是牛奶。

「一誠同學，這是混了幾滴不死鳥的眼淚的牛奶。喝了應該對你有幫助。」

因為他這麼說，我就不顧禮節的大口喝掉。

……喔喔，總覺得身體好像變得比較輕盈了。不知道是不死鳥的眼淚起了作用，又或者是牛奶的功用呢？

剛才聽說我變成喝牛奶可以促進身體狀況的體質，害得我本人都大吃一驚。我原本還以為純粹只是剛洗完澡的時候喝的牛奶特別好喝而已呢……這到底該怎麼說，我現在究竟變成怎樣的存在了啊？

我心想，照這個順序的話，下一個大概就是阿加，於是東張西望了起來。

接著，我在成員當中發現了那個傢伙……而且他的身邊，還有個不應該待在這裡的人，害我嚇了一跳！

「等等，瓦雷莉！妳怎麼會在這裡？」

沒錯，美女吸血鬼瓦雷莉出現在醫院的這個休息區！我放聲大喊，驚訝到眼珠都快蹦出來了！

瓦雷莉露出開心的微笑。

「呵呵呵，是那位墮天使叔叔請我過來的。對吧，加斯帕？」

「嗯。一誠學長，就是這麼回事。因為有點事情，所以讓她稍微出來放風一下。」

加斯帕是這麼說的……

說是請她過來，又說出來放風……她到這裡來沒問題嗎？我記得，她應該還只能在受限的區域內行動才對……

老師回答了我的疑問。

「其實是這樣的，在這次對抗666和邪龍軍團的戰鬥當中，瓦雷莉的協助是不可或缺的要素。我們請各勢力提供了各式各樣的協助，才讓她可以安然無恙地暫時外出。時間有限，沒辦法演練我們的計畫，只能硬上了。」

這樣啊，看來是他們做了暫時性的安排，讓瓦雷莉可以暫時待在這裡。所以她才可以來冥界啊。

聽阿撒塞勒老師那麼說，瓦利似乎想通了什麼。

「你們找到控制聖杯的方法了嗎？」

對於瓦利的問題，老師笑著點頭。

「這個嘛，差不多啦。我們在吸血鬼國度找到了一點有關聖杯的隱藏資料。應用那筆資料的話，或許有辦法停止那些靠聖杯增生的傢伙。」

——！

什、什麼！竟然有那種東西！隱藏資料……瓦雷莉的老哥，那個叫馬流士的傢伙把資料藏在某個地方了嗎？然後被老師找到了。

「為我們找出來的，是那位幫手。」

老師轉過頭去，面對某個方向。我看了過去——有個把兜帽拉得很低，身材嬌小的人。拉開兜帽的那個人——是金髮美少女吸血鬼愛爾梅希爾德！喔喔，她來冥界了啊！新年我們兵藤家回奶奶家的時候，出乎意料的在那個地方和她重逢了……

「好久不見了，赤龍帝兵藤一誠大人。」

由於故國遭受了毀滅性的打擊，她現在跑遍全世界，蒐集復興所需的事物。有時候是東西，有時候是其他國家的協助。她希望故國復甦的心情似乎非常認真，以前那種高壓的態度也軟化了。

原本那麼排斥和其他國家、其他勢力協商的她，現在卻不計形象造訪各式各樣的地方，人生的際遇真的很奇妙……看來，故國的毀滅真的讓她大受打擊。

——正當我因為愛爾梅希爾德現身而驚訝的時候，瓦雷莉從懷裡拿出一樣東西——是個紫色的十字架。

老師說了：

「那是回收了神滅具紫炎祭主的行刑台（incinerate anthem）然後稍微動了點手腳製造出來的的十字架。聖遺物（Relic）當中的十字架……我們配合瓦雷莉的聖杯調整了那個東西。」

——！

是那個壞魔女——華波加所持有的神滅具！我聽說三大勢力回收了那個東西，原來做成了十字架啊。

老師配合瓦雷莉的神器……調整了那個？那就是這次的作戰當中不可或缺的，瓦雷莉的協助嗎？將聖杯和聖十字架搭在一起會發生什麼事情啊……？

瓦利向老師問道：

「我聽說她的聖杯並不穩定，而聖十字架則是會自己選主人的危險神器。將這兩樣東西調整到同樣的頻率，天曉得會發生什麼事情……不過，你大概是從剛才說的隱藏資料當中找出某種解決之道了吧？」

老師回答了瓦利的問題。

「瓦雷莉的哥哥——馬流士的研究資料當中寫到，他在調查聖杯的時候，曾一度差點陷入危急狀態。當時他用了采佩什派暗中持有的祕寶——聖釘的碎片，度過了那次危險的場面。我們也已經從資料當中，分析出他當時使用的術式了。」

那個聖釘……好像也是聖遺物吧？雖然說只是碎片，不過原來吸血鬼的國度也有那種東西啊……也罷，他們的國家之前那麼封閉，暗中持有的寶物大概也有很多稀世珍寶吧。

愛爾梅希爾德接著說了下去。

「吸血鬼從古時候就經常調查自己最大的敵人，也就是基督教會。大概是在進行各種研究的過程當中，采佩什派透過他們自己的管道，取得了聖釘的碎片吧。那恐怕是只在王族當中傳承下去，沒有記載在任何歷史、文獻當中的東西。總之，我們將那個和資料一起回收，交給了三大勢力。」

……也就是祕密中的祕密嘍。不過，如果不是用了那個，也沒辦法抑制瓦雷莉的聖杯失控的狀況吧。然後，這件事也寫在資料裡面。

老師笑著說：

「我們將聖釘的碎片交給梵蒂岡的時候，他們開心得不得了。原本聖遺物在三大勢力的戰鬥與宗教戰爭當中佚失了很多。說真的，雖然只有碎片，能找得到還是很難得……搞不好，其他勢力也偷偷握有類似的東西呢。」

說著，老師聳了聳肩。

而我想通了一些事情，拍了一下手說：

「既然知道同樣頻率的聖遺物能夠關掉聖杯，那麼也對邪龍們手上的聖杯這麼做就好了，對吧？」

老師也揚起嘴角，繼續說明。

「就是這麼回事。瓦雷莉手上的聖十字架已經調整好了。在那個狀態之下，只要瓦雷莉和聖十字架的力量配合得當，或許就能夠關掉阿佩普他們手上的那個聖杯。如此一來，大概就能阻止量產型邪龍繼續增生，或許也能夠影響冒牌赤龍帝和666。」

也對，這次事件最根本的原因，就是瓦雷莉的聖杯遭到濫用。如果有辦法關掉那個聖杯的話，一定要搶回來！更何況，我們已經決定要將聖杯全部帶回瓦雷莉身邊了。

老師說：

「為了達到目的，必須讓瓦雷莉親自靠近666才行。我們不知道是哪隻666持有聖杯……不過，在阿日．達哈卡跟著的那隻，或是阿佩普跟著的那隻身上的可能性很高。」

這對瓦雷莉而言，是個危險的任務——可是，要停止他們的破壞，她的協助確實是不可或缺……

加斯帕露出充滿男子氣概的神情說：

「帶瓦雷莉到666身邊的任務，我想自告奮勇接下。我想拿回瓦雷莉的聖杯，結束這一切！」

強而有力的一句話！吉蒙里的男生就是要這樣！

不過，瓦雷莉拿著聖十字架也沒有怎樣耶。大概因為她是聖杯的持有者吧。如果我們非人者碰到那個十字架，應該會受到超嚴重的傷害……光是看到就開始打冷顫了……

在我這麼想的時候，老師說：

「啊，我忘記說了，除了瓦雷莉以外的惡魔、吸血鬼、妖怪都別碰那個紫色的十字架喔！為了避免危險我們做了一些調整，但儘管如此，除了瓦雷莉以外的非人者拿了還是會死。」

他說得也太稀鬆平常了吧！那個東西果然不妙吧！能夠不受影響的，只有純粹的人類，還有天使們吧……伊莉娜伸出手指戳了戳聖十字架，然後對著聖十字架拜了起來……

阿撒塞勒老師繼續說明作戰計畫。

「現在，666出現在希臘、印度、凱爾特、埃及等各神話勢力的領域，以及人類世界的日本近海、歐洲某個高山地帶，共六個地方。印度那邊似乎是從帝釋天的地盤——須彌山陣營開始遭殃的樣子。這或許能夠讓因陀羅得到一點教訓，不過現在不是說這種話的時候。戰鬥已經開始了，每個地方都受到相當嚴重的打擊。聽說已經有好幾位神級存在暫時遭到消滅。雖然不至於完全消滅……但想要再次於顯界成形，應該需要相當大量的人類信仰吧。可見666即使分裂了，實力還是凌駕於神祇之上。」

連神祇都被幹掉了喔！可惡！666還真是怪物中的怪物！這也難怪，牠是足以和龍中之神——偉大之紅爭戰的怪物，實力自然遠遠超出我們的想像。

「……讓你們看看不久之前的影片。」

老師在手上展開小型魔法陣，投影出紀錄影片。

所有人都看得啞口無言——出現在日本近海的６６６，吐出大到不可理喻的火焰團，轟飛了一整座島嶼。出現在歐洲的那隻，也以火焰團轟飛山峰、湖泊、森林——損害完全到了足以改寫地圖的程度。

仔細一看，各國都派出戰鬥機、軍艦與之對抗……但都毀在成群的邪龍以及冒牌赤龍帝的手上，紛紛墜落、沉沒……

那些傢伙真的開始侵略人類世界了啊……至今我們一直避免給人類世界添麻煩，但是這次……完全波及到那邊去了。規模就是如此的龐大吧。舊魔王派、英雄派的恐怖攻擊，都只針對非人者。可是……

——李澤維姆的惡意，已經波及人類世界了。

我在襲擊北歐神話世界的紀錄影片當中看到的６６6有七顆頭，但現在每隻都只有一顆。尾巴也只有一條。

出現在各神話領域當中的個體，每一隻的頭和尾巴的形狀都不同。大概是以頭部為主，分裂出去的吧。出現在日本近海的６６６，頭是龍形……

就連愛西亞看見如此的光景也憤怒不已，眼角噙淚。

「太過分了……！」

潔諾薇亞和伊莉娜握住愛西亞的手，跟著附和。

「是啊，我們得設法阻止牠才行。」

「我們非得阻止牠不可！」

羅絲薇瑟看著影片，似乎也有什麼想法。

「……冒牌赤龍帝被人類世界知道後，一誠同學以後就不能輕易變身了呢。可能會因為這次戰鬥造成大家的誤會。」

原、原來如此！或許真的會像羅絲薇瑟說的這樣！冒牌赤龍帝被世界各國知道後，我這個本尊或許會受到天大的誤會……哇啊……以後可能不能隨便在人類世界變身了……

蕾維兒也一臉嚴肅地說：

「這或許也是李澤維姆．李華恩．路西法的企圖之一。他之前對一誠先生那麼感興趣……」

所以這可能也是李澤維姆那個傢伙算計好的效果之一嗎……？如果是那個混帳的話，確實是有可能留下這樣的計畫……他刻意針對我……想要破壞我今後在人類世界的可能性以及活動嗎！

儘管露出苦澀的表情，老師依然冷靜地說明狀況。

「——情況就像這樣。可能持有聖杯的阿日．達哈卡以及阿佩普，其中阿日．達哈卡跟著出現在歐洲的個體，而阿佩普則是跟著出現在日本近海的那一隻。出現在日本方面的個體，現在由日本的妖怪以及日本神話的眾神負責迎擊，歐洲那邊則是由天界陣營以及教會的戰士們，還有協助他們的吸血鬼陣營在壓制攻勢……人類世界的各個國家也都派遣軍隊迎戰，但依然無法完全制止兩隻666的進擊。再這樣下去可能會登陸日本，歐洲那邊也可能對各國大都市造成嚴重的打擊。」

日本的妖怪們、天使和教會的戰士們，就連吸血鬼們和人類們也出力迎擊，卻無法阻止666的進擊……己方都派出神級存在，戰力也更勝「魔獸騷動」的時候，卻完全無法抑制敵人，就表示敵人遠比那個時候還要強大吧。

老師豎起兩根手指說：

「也就是說，在執行停止聖杯的作戰計畫之際，帶著瓦雷莉的『D×D』最好也兵分兩路行動。不是去日本那邊，就是去歐洲那邊。」

瓦利隊的美猴向老師問道：

「我們沒辦法判斷阿日．達哈卡和阿佩普是哪一方持有聖杯嗎？只要知道這件事，就比較容易分配戰力了。」

正如美猴所說，有辦法判斷的話，作戰計畫也會多點可行性。不知道在哪一邊就帶著瓦雷莉到處亂跑，只會增加危險性吧。

幾瀨鳶雄先生說：

「阿撒塞勒前總督也這麼覺得，已經吩咐我的同伴去調查了。報告應該差不多該傳回來了才對……」

不愧是老師！他已經拜託刃狗隊去調查那邊有聖杯了是吧！

老師如此表示：

「搞不好瓦雷莉和加斯帕得兩邊跑啊。先接近其中一邊，要是沒有聖杯，就立刻以轉移魔法陣跳到另外一邊去。也就是說，在最糟糕的情況下，你們的危險性可能會變成兩倍。」

瓦雷莉歪頭不解，加斯帕則是一臉凝重。如果瓦雷莉不在這裡的話，他那一臉嚴肅的表情可能早就垮掉，還會變成有點害怕的神色吧。

話雖如此，以我的心境來說……我比較想去阻止前往日本的６６６啊！我在日本出生，在日本長大，也想拯救留在那裡的親朋好友！

莉雅絲的心情大概也和我一樣，她和我對上了眼，嫣然一笑。

莉雅絲正式開口問老師。

「防衛日本的小隊交給以神祕學研究社為中心的『Ｄ×Ｄ』成員負責可以吧？」

老師也揚起嘴角。

「這個嘛，我就知道妳會這麼說。總之，加斯帕和瓦雷莉也先跟莉雅絲她們過去再說。根據之後回報的內容，你們的目的地可能會有所改變，不過先跟著平常的隊友戰鬥吧。」

好了，聖杯到底會在哪一邊呢……

莉雅絲問瓦利。

「瓦利，你們要去哪一邊？」

瓦利說：

「我要去出現在歐洲的666那邊。」

美猴和黑歌、亞瑟、勒菲、芬里爾也都同時點頭。

「那麼，我們也去那邊吧。」

幾瀨先生好像也要跟去瓦利那邊……等等，有個我沒見過的金髮女魔法師耶……是個大美女！美女大姊姊！啊，她發現我在看她，就對我笑了一下！

——呃！嗚嗚，好痛！我的頭又痛了！真是的，我都還沒想到那個，光是起了一點色心就這樣！要是這種症狀永遠持續下去，我可真的會完蛋啊！拜託趕快好起來！

木場偷偷告訴我。

（她是梅菲斯托會長旗下的女魔法師，拉維妮雅·蕾妮小姐，是神滅具「永遠的冰姬」的持有者，也是刃狗隊的一員……順道一提，她對瓦利而言是形同姊姊的存在。）

真的假的！神滅具的持有者！啊啊，我是聽說梅菲斯托會長那邊有一個，不過沒想到是那麼漂亮的大姊姊！而且對瓦利而言還形同姊姊？那傢伙還敢說什麼對女人沒興趣，原來身邊有個那麼漂亮的大姊姊啊！也對啦，身旁就有著那麼美的美女的話，對於尋常女子確實是看不上眼啦……

這時，蕾維兒舉手了。她說出對於作戰計畫的疑問。

「如果有幾顆頭就能分裂成幾隻的話，那身體最多應該可以分裂成七個吧？以現狀來說，敵人只出現在六個地方……那麼剩下一隻怎麼了呢？」

口前，666出現在六個地方。的確，剩下一隻會在哪裡呢……？

老師說：

「好像出現在次元夾縫當中了。我想，牠大概是去觀察偉大之紅的狀況，或是為了完成那些傢伙的宿願，去調查通往異次元的入口的分界線吧。無論如何，這都是很危險的情形。各勢力也都分出戰力，到那邊去戰鬥了。」

剩下一隻在次元夾縫啊……至少沒有跑來冥界的惡魔這邊已經是不幸中的大幸了吧……

但老師似乎看穿了我這個想法，這麼說了。

「再這樣下去，666遲早也會出現在冥界。原則上，我們在當地都對各個666張設了防止轉移用的結界。不過能發揮多大的作用還不清楚。如果沒辦法解決掉牠們的話，下一個目的地大概就會是冥界了。」

……所以沒來惡魔這邊只是碰巧而已嘍。說的也是。以牠的頭部數量來說，如果七隻又各自轉移到別的領域，這次大概真的會出現在惡魔這邊了吧。情況真是一點也不樂觀啊。

羅絲薇瑟也針對作戰計畫補充說明。在研究666的結界方面，羅絲薇瑟是一大功臣。

「在這次停止聖杯的作戰計畫當中，將對出現在各領域以及次元夾縫的七隻666，同時使用我和阿撒塞勒老師他們共同研發的專用束縛結界。雖然時間有限，但應該是幾乎肯定能夠阻止那隻怪物。原本我們只鎖定出現在人類世界的兩隻，但如果只針對那兩隻的話，另外五隻不知道會做出什麼事情來。為了不讓牠們輕舉妄動，也得一口氣同時停止每一隻……但是……」

老師代替難以啟齒的羅絲薇瑟繼續說了下去。

「以現狀來說，那種結界是只能用一次的消耗品。想要再次使用的話，只能以不同的術式從頭開始重新建構。因為這次的結界可能會讓那個傢伙對同樣的術法產生抗性。而且我們用的結界只對666有效。對量產型邪龍軍團和冒牌赤龍帝起不了作用，所以相當麻煩。」

作戰只有一次機會啊……不容許失敗。害我聽了馬上緊張起來……！

瓦利說：

「停住牠的同時作戰就開始了是吧。」

阿撒塞勒老師點了頭。

「沒錯，首先制止666，在掃蕩邪龍及冒牌赤龍帝大軍的同時，接著將聖杯也關掉。這樣就可以阻止那些小嘍囉了。」

瓦利隊的亞瑟舉手發問：

「遭到束縛的666之後要怎麼處理？你剛才說能夠制止牠的時間有限對吧……」

正如亞瑟所說，我們能暫時束縛住666，但是根據羅絲薇瑟和阿撒塞勒老師的說明，時間是有限的。等到牠能夠再次開始活動的時候，又該怎麼辦？全面抗戰嗎？對我來說是求之不得啦……

忽然，老師露出高深測的笑容。

「……我……應該說我們有個想法。是我們的終極王牌。目前是只有VIP階級才知道的作戰計畫……不過，我們一定會成功執行。」

聽老師這樣說讓我有點介意，不過這種時候事情多半都會進行得很順利。

我用力深呼吸，振作起氣勢。

「既然老師都有想法了，我們當然會配合！一直以來，老師總是提出一些強人所難的作戰計畫，而且都能夠成功執行嘛！」

老師笑了一下，摟著我的肩膀說：

「喔——你也會說這種中聽的話啊，一誠。這樣就對了。話說回來，你真的不准用龍神化喔！否則別說是和莉雅絲她們親熱了，小心你在能夠再次碰到奶子之前就死掉啊……」

聽老師這麼說，莉雅絲也面紅耳赤，沒好氣地說：

「……你說的這是什麼話啊，都這種時候了……」

朱乃學姊像平常一樣「呵呵呵」地笑了。

「不過，說的也是……我都還沒和一誠建立超友誼關係呢。這樣我會很傷腦筋的。」

愛西亞也紅著臉加入對話。

「還、還是原本健健康康的一誠先生最好了！」

對此，潔諾薇亞、伊莉娜也接著說：

「嗯，沒辦法生小孩的話我可不要。」

「沒辦法和達令一起玩的話我也不要。」

就連黑歌和小貓也不住點頭。

「沒錯沒錯，我和白音也得和你生小孩才行嘛——」

「我、我這個，這個那個……」

…………大家的發言是、是讓我很開心，可是這種竄遍全身，一波接著一波襲來的劇痛！超級痛的啦——！大家說的明明都是非常值得開心的話，但是我本人卻是在原地痛苦掙扎，真是太丟臉了！

「唔！……老師、大家，拜託不要在我面前說有關那方面的話好嗎……我又開始覺得痛苦了……」

老師大笑三聲。

「抱歉抱歉。哈哈哈，胸部龍的弱點居然變成胸部了啊——」

「啊！頭好痛——！我不是才剛說過嗎，不要說那種話啦！」

我抱頭掙扎！真是的，我的狀況可是相當嚴重耶！……說真的，這應該治得好吧……？

如果這種症狀一直持續下去的話，我可不要……雖然是比死掉還好一點，但現在可是我最重要的一部分整組壞光光了耶！家裡的A書和A片、十八禁電玩等等，我的寶貝收藏全都會變成劇毒、危險藥品之類的東西，我可受不了！

啊！要是沒辦法阻止前往日本的666，就連我一直放在家裡的那些十八禁收藏都會消失嗎！可惡！我一定要阻止牠！現在得先解決那邊，再考慮要如何克服這個狀態！

正當我想著這些的時候，幾瀨鳶雄先生露出認真的神情，舉起手按著對講機，看來是在聽傳回來的情報。

然後，他這麼說：

「他們回報了——聖杯在出現在日本那邊的666身上。」

——！

聽到這個消息，大家顯得更加緊張了。

……是日本啊！正好！這場防衛戰打起來更有成就感了！

老師的表情一變，認真了起來，望著大家說：

「『D×D』就像我們剛才確認過的，兵分兩路。不過，基本上戰力要盡可能集中到日本那邊去。對部下們下達指示的工作完成之後，我也會過去戰況吃緊的一方支援。在那之前，你們可千萬別死啊。那麼，所有人各就各位！」

『遵命！』

大家都強而有力地回答！

——作戰開始的時刻，迫在眉睫！

—○●○—

目送自己的兒子一誠離開之後，他的雙親在同一層樓的休息區等待。

此時，一個人影出現在那裡——是吉蒙里家的現任宗主，也是莉雅絲的父親。

現任宗主——吉歐提克斯．吉蒙里，在安排好領內的反恐對策之後，好不容易才騰出時

間，趕到這間醫院來。

對他而言，兵藤家的嫡長子是他的寶貝女婿。而且就連女婿的雙親都在這裡陪他，更讓吉歐提克斯覺得應該要來露個臉才對。

而現在，這個想法終於實現了。

兵藤一誠的雙親見過吉歐提克斯。兩人先是向他行了個禮，然後憂心忡忡地問了。

「請、請問，小犬說他得去辦點要事，就不知道跑到哪裡去了……他說晚餐時間以前會回來，可是……」

儘管送了一誠離開，一誠的雙親還是滿懷擔憂。這也是理所當然的。一誠是他們的寶貝獨生子。即使知道他變成惡魔了，對於整個狀況還是未能深入理解。儘管如此，他們還是知道，自己的兒子到很危險的地方去了。

一誠的父親表現得相當堅強。

「男、男孩子嘛，打個一兩次架也是難免的事情！而且，就像他保護了我們一樣，這也是為了保護某人的戰鬥對吧！我說的沒錯吧？」

一誠的父親這麼問吉歐提克斯。一誠的母親也在等待他的回答。

——他們都是平凡的父母。是隨處可見，擔心自己的小孩的平凡父母。

如此平凡的父母，生出了足以肩負冥界未來的少年。不，正因為是這樣的雙親，才能夠生出那樣的少年。

今後，他也會繼續涉身於險境之中吧。

吉歐提克斯牽起兩人的手，將頭低到不能再低。

「……兵藤先生、兵藤太太。兩位的公子，一誠他——是個英雄。請引以為傲……兩位養育出來的那名少年，是願意為了拯救冥界、拯救我們而戰的英雄。而且，他一定會回來。之前也是，他每次都回到了我們以及兩位的身邊。」

雙方家長握著彼此的手。吉歐提克斯為了安撫他們，露出微笑說：

「我們一起準備餐點吧。我們的孩子們，一定會餓著肚子回來的。」

天下沒有不擔心小孩的父母——

無論對象是是莉雅絲，還是瑟傑克斯——

吉歐提克斯在安撫著一誠的雙親的同時，自己也在心中祈禱，希望自己的一雙子女能夠平安無事——

—○●○—

從首都莉莉絲的醫院，轉移到人類世界——日本近海來的我，兵藤一誠，正在和夥伴們

一起準備迎擊666。

神祕學研究社的成員們在一座無人島上集合。我們在深夜的海邊，等待著要和我們一起戰鬥的成員們聚集到這裡來。

負責迎擊前往日本的666的，在「D×D」當中，有神祕學研究社、西迪眷屬、絲格維拉．阿加雷斯的眷屬，以及各位「神聖使者(brave saint)」。

塞拉歐格……他好像有很多事情想問襲擊巴力家的人，所以會晚點到。大王家近來惡耗不斷，但是根據匙表示，塞拉歐格和家裡的人之間的芥蒂似乎稍微化解了一點。這真是值得高興。

當然，協助我們的人不只這些，以日本為地盤的上級惡魔們也都會帶著眷屬前來參戰。日本的異能力者組織——以五大宗家為中心的異能人士們這次也終於群起助陣了。我們的陣容當中有許多打扮得像陰陽師的術士也是基於這層因素。

率領那些人的，好像是朱乃學姊的表姊，姬島家的現任宗主「朱雀」小姐。我剛才見過她了，是個超級大美女……然後又害我因為劇烈的頭痛而苦！讓朱乃學姊的表姊看到我那麼窩囊的樣子，超丟臉的……

至於其他前來助陣的成員——

「還有我們喔，一誠！」

我順著熟悉的聲音找過去，看見的是金髮的狐狸女孩九重，和她的媽媽八坂小姐連袂登場！

「九重！還有八坂小姐！」

八坂小姐行了個禮。

「赤龍帝大人、各位，我們住在日本的妖怪也來和各位一起戰鬥。畢竟，若是住的地方遭到破壞，對我們也是一大麻煩。」

八坂小姐背後，有著足以蓋滿整座島嶼的各種妖怪聚集而成的軍隊，據說還有族長階級的妖怪在裡面。他們已經迎擊過666一次了。

不僅如此，雖然從這裡看不見，但聽說日本神話的神祉階級也做好了後援準備，還表示希望能將保護日本的責任交給祂們。既然我居住的國家的眾神都那麼說了，當然就要相信祂們。

面臨日本的危機，大家都團結起來了。只有在發生這種事情的時候大家才願意同心協力，這樣想來是有點讓人難過……但儘管如此，像這種時候大家都能夠互相配合，還是讓我認為未來仍有希望！

和大家稍微確認了一下作戰計畫之後，進入了作戰開始時刻到來之前最後的休息時間。

大家都各自以各自的方式度過這段時間，而我則是獨自一人，站在小島的岩礁上，朝據

說是６６６所在的方向看過去。

……從抵達這座島上的那一刻，我就感覺到非常難受的惡寒。不可理喻的強烈壓力，從據說是６６６所在的方向傳來。天空也一直都是烏雲密布。據說這也是６６６的影響……可見牠是個多麼誇張的怪物。

不過，說的也是。對方可是能夠輕易改變地貌的怪物。等級高到連神祉階級都會被幹掉。即使是我，大概也無法和牠正面交鋒並且取勝……

總之先讓那些傢伙手上的聖杯停止運作再說吧。在那之後……就託付給阿撒塞勒老師說的那個，只有ＶＩＰ階級才知道的作戰計畫。應該說，我想依賴那個計畫。

當然，我們也不是只會等待那個計畫發動。我們會盡可能抵抗，而日本……我們一定會保住！這麼一來，我們還是得設法處理６６６才行……可是，這對我們來說又幾乎等於辦不到……嗯──到底該怎麼辦呢？老師，你說的那個作戰計畫可真的要成功執行啊！

「呵呵呵，瞧你煩惱成那樣，是怎麼了？」

聽見聲音的我轉過頭去──看見的是站在一旁的莉雅絲。看見我煩惱不已的模樣，她一副快要笑出來的樣子。

「沒有啦，我只是在想該怎樣才能打倒６６６。」

莉雅絲站到我身旁來，望著天空。

「……這樣啊。應該很困難吧。可是，我不想放棄。對我而言，人類世界……日本是我的第二故鄉。」

她以堅定的眼神這麼表示。

我說：

「……妳都快要畢業了嘛。我也即將升上三年級了。」

「對啊。我想在那所學校待到畢業典禮。我和朱乃，還有蒼那跟椿姬都很期待去念大學喔。」

「這個我也強烈感受到了。好想和大家一起去畢業旅行喔。」

「我也和蒼那她們在計劃呢。到底要去沖繩還是北海道實在很難決定，乾脆兩邊都去也是一個方法。來趟大阪美食之旅好像也不賴。」

「妳想跑那麼多地方嗎！也、也罷，用轉移魔法陣的話應該沒問題吧。」

「移動方式還是搭飛機吧。我想盡可能貼近人類世界的方式。」

說著，她眨了個眼。搭飛機啊——這樣的行程跑起來應該很累吧……不過大家一起旅行也不錯。

……我握住莉雅絲的手。她……也在發抖。發抖一方面是因為恐懼，一方面也是因為臨戰的激動吧。莉雅絲雖然堅強，實際上也還是個年輕的女孩。

……不過，我也緊張到雙手發抖了！這種時候能夠共享同樣的心境，我們應該可以算是天生一對吧？

不經意的，莉雅絲將真正的心情也說了出口。

「……其實，我不希望現在的你出來戰鬥。老實說，我真的很想逼你和兵藤爸爸、兵藤媽媽一起留在冥界休息。神祕學研究社的大家應該也都是這麼想吧……不過……反正，你還是會到這裡來。既然如此，不如一起對抗敵人比較好。也不是說既然要死就一起死，而是我覺得大家一起戰鬥的生存機率比較高。剛才朱乃也說過，一直以來，我們大家都是一起跨越各種困境。」

莉雅絲說的沒錯。以現在的局面，就算被強押在後方，我也會硬是衝上前線去吧。既然如此，我也覺得不如一開始就和一直以來一起跨越生死關頭的夥伴們並肩作戰比較好。沒錯，就是因為和大家一起戰鬥，無論面對何種場面我都才能夠生存下來。只要再次實踐同樣的做法就對了！

……剛才我還在想那麼艱難的事情，不過之前我們也成功克服了同樣的困難。這次也只要為了克服困難而使盡全力就好！

握著彼此的手，我說了：

「沒錯，我們一定要大家一起活著回去！」

莉雅絲輕輕笑了一下。

「……最近在覺得你很可靠的同時，相對的，我也有所覺悟了。不對，應該說越來越覺得你值得期待了比較好吧。你還能繼續往上爬。正因為如此，你會走上和我不同的路……或許……我應該做好送你離開的心理準備才行。」

「這、這是什麼意思——」

對莉雅絲剛才那番話有點介意的我正打算反問的時候。

「逛遍全國的城堡也不錯呢。我最喜歡城堡了，喜歡到會自己組模型。」

——她卻把話題拉了回去，試圖掩蓋剛才說過的話……大概情不自禁說出口，卻又還不希望我追問吧。既然如此，我也把話題拉回去好了。

「說的也是，包括城堡在內，我還有很多地方沒有和莉雅絲以及大家一起逛過呢。惡魔的一生那麼長，當然要玩個環遊全國才行。」

「是啊，就是這樣。還有國外也要去呢。因為——」

我們望著彼此的臉。

「你我出生到現在，都還沒活過二十年呢。我們還要活得更久，一直活下去，享受各式各樣的樂趣才行。」

「我的想法也一樣。今後我也想和莉雅絲一起活下去。」

「是啊，我們要和大家一起活過和平的一萬年。」

確認了這件事之後，我和莉雅絲雙唇交疊。

…………一陣前所未有的劇痛竄過我的全身，不過這種時候可得好好忍耐才行！

……不過，在這之後，我落得必須請愛西亞幫我恢復的下場就是了！我的身體真的整個快要不行了！拜託一定要治好啊。

——日本就由我們保護！

可是，氣勢也整個上來了。如此一來，我就得到了足以面對戰鬥的勇氣。

就這樣，我們進入了迎擊６６６的備戰狀態！

６６６迎擊聯合部隊靜靜地從無人島的沙灘上起飛——

有翅膀的非人、超自然種族，都直接憑著雙翼飛上天去。人類異能力者們，則是坐在他們驅使的式神或妖怪的背上翱翔。

我稍微以視線掃過迎擊聯合部隊——只覺得陣容之精彩。惡魔、天使、妖怪、人類，擁有各自所屬的領域、價值觀和文化也截然不同的各個種族，都為了一個目的而聚集在一起。

儘管妖怪的數量最多，總戰力也到達了一萬以上。

——保護日本。阻止６６６。

極為淺顯易懂的單純理由。

吶，李澤維姆。你將混亂帶到這個世界上來。但是，你是否曾想過，大家會聯繫在一起面對同一件事情呢？你以為世界就會在混亂之中終結嗎？

可惜事情並非如你所願。我們可沒有笨到會乖乖等著完蛋。我們才不會輸給你的惡意！

就在我全心全意這麼想的時候。我從天空的彼端感應到邪惡的氣息。

我瞇起眼睛——看見遠方開始出現黑雲。不，那不是雲，是長著漆黑鱗片的量產型邪龍軍團掩蓋了天際！接著，不久之後，我們看見了那個東西。

——伴隨著身穿赭紅色鎧甲的冒牌赤龍帝軍團，啟示錄之獸現身了！

……幸好日本的自衛隊沒有出動。據說，天界和日本神話的神明們找政府高官們交涉過了，決定暫時先交給我們處理。聽說自衛隊目前在海岸線呈警戒態勢待命。似乎是想在我們失敗之後一舉發動攻勢吧……

整個日本、整個世界，都已經知道666的存在了吧。今後局勢會變成怎樣呢……

在擔心未來的同時，戰鬥終於要開始了——

也不知道是誰如此吶喊，這句話便成了開戰的信號。

「保護我們居住的國家吧——————啊啊啊啊啊啊啊啊啊啊啊啊啊啊啊啊啊——！」

對此，所有人都——

『喔喔——————！』

如此放聲吶喊，朝666衝了過去！

堪稱無數的邪龍軍團與妖怪們展開了第一次衝突！

『邪惡的龍群啊！嘗嘗我的火焰吧！』

坐鎮在妖怪陣營中央的，是化身為巨大的金色九尾狐的八坂小姐！她劈頭就從口中吐出極為龐大的火焰，一口氣將成群的邪龍燃燒殆盡！

我們也不能落後！

「咱們上！」

「好！」

「D×D」的第一棒是潔諾薇亞和伊莉娜！兩人從聖劍發出強烈的波動，一舉擊落大量的邪龍！接二連三摔下去的黑龍將海面染成一片黑色。

潔諾薇亞真是的，完全沒有瞻前顧後的意思，發動了交叉杜蘭朵及王者之劍施展的必殺技——十字危機。用這招消滅了大量的邪龍是很好啦。

「妳們兩個，戰鬥的時候要考量一下步調啊！」

協助她們兩個的，是對潔諾薇亞而言形同姊姊的葛莉賽達修女。

「我也不能輸給她們！」

木場也拿著格拉墨，變出龍騎士團，同時對付好幾隻邪龍。龍騎士們手上拿的，是木場從齊格飛那裡得到的眾多魔劍。在破壞力超群的格拉墨的帶領之下，木場的騎士團也以魔劍展現出絕妙的劍技。

「我來焚燒祐斗學長沒有解決的邪龍！」

負責輔助他的，則是變成白音模式的小貓。她對著邪龍發出無數的火車，消滅牠們。

「哎呀，火焰可是我的拿手好戲呢！」

就連蕾維兒也參戰了（這次她說什麼都不聽話，跟著我們來了），拍打火焰翅膀，以猛烈的業火招呼著邪龍群。也因為兩人是朋友，她和小貓配合得天衣無縫，前鋒木場和後衛小貓、蕾維兒的臨時小隊展現出極佳的默契。

「一誠！」

「收到！」

在莉雅絲一聲令下，我變出飛龍，開始準備施展「深紅滅殺龍姬（Crimson Extinct Dragonar）」。飛龍貼到莉雅絲身上，逐漸化為鎧甲。全身裝備了鎧甲的莉雅絲，立刻採取行動。

『Boost!!』

——隨著這個語音，莉雅絲將自己的毀滅魔力倍增。然後，她施展了一記攻擊，便消滅了五十隻以上的邪龍！

我也和莉雅絲一起，接連打倒了好幾隻邪龍。區區的量產型邪龍，我在真「皇后」狀態之下只要一拳就可以擊倒！

羅絲薇瑟正在準備那個拘束666用的結界術。她在手邊展開超過一百個魔法陣，處理發動結界所需的準備。只要準備一完成，就能夠停住666的樣子。

另一方面，化身為黑暗野獸的加斯帕抱著瓦雷莉，一一揍倒靠近他們的邪龍。

『不准你們碰瓦雷莉！』

「呵呵呵，加斯帕好帥氣喲。」

哎呀，真有男孩子氣啊！就連遣詞用字也越來越粗暴了……如果惹了巴羅爾狀態的加斯帕生氣可是很恐怖的。

『燃燒殆盡吧——！』

匙也用黑色的邪炎焚燒好幾隻邪龍。

「喝！」

蒼那前會長也用她最拿手的水之魔力，在海面激起劇烈的波浪，自由自在地操縱著海水。海水凝聚成巨大的蛇形，纏住邪龍們，將牠們拖進海裡。

攻向蒼那前會長的邪龍，則是由負責掩護她的真羅前副會長處理。其他的西迪眷屬也都彼此協助、掩護，展現出默契十足，臻至化境的聯手攻勢。一旁的絲格維拉·阿加雷斯的隊伍看起來也運作得相當順利。

我接著看到朱乃學姊那邊。朱乃學姊和她的表姊朱雀小姐在空中並肩而戰。朱雀小姐坐在一隻朱紅色的巨鳥背上，那大概是她的式神吧。

「朱乃！」

「是，朱雀姊姊！」

朱雀小姐——製造出威力強大的火焰。火焰凝聚成形，變成了一隻巨大的火鳥。聽說，那不是菲尼克斯，而是姬島家掌管的靈獸「朱雀」！據說姬島家宗主代代傳承著名字和那隻靈獸。

接著朱乃學姊也製造出雷光龍。兩人各自將製造出來的靈獸「朱雀」以及雷光龍朝成群的邪龍發射出去！表姊妹的同時攻擊充滿了超乎尋常的震撼力。

然而，冒牌赤龍帝終於也加入敵人的戰線之中。那些傢伙發出和我一樣的神龍彈，不斷屠殺著妖怪們！冒牌赤龍帝不是一般的戰力所能對付，我方只能以多對一的方式應戰。

可惡！哪能就這樣白白挨打！

正當我打算迎擊的時候，一陣範圍廣大而耀眼的金黃色氣焰籠罩住我們。氣焰之中可以感受到一股溫和的暖意。

下一個瞬間，受了傷的妖怪們的傷勢逐漸好轉。不僅如此，即使敵人的攻擊落在我們身上……我們也沒有受傷。

我看向氣焰產生的地方，看見的是發出金黃色光芒的愛西亞。她身上的氣焰呈現出鎧甲般的形狀。

——「聖龍姬擁抱的慈愛園地（twilight saint affection）」，是愛西亞得到的亞種禁手。

比任何人都還要溫柔的她所達到的境界，是比任何神器都還要充滿慈愛的庇護領域——愛西亞背後更浮現出一股狀似法夫納的氣焰。

「好了，各位！受了傷有我治療！所以，請各位加油吧！」

愛西亞英勇地這麼說！真想讓老爸老媽也看一下！你們的女兒也有如此堅強的一面啊！

在戰況漸入佳境的時候，那個男人終於也飛上前去了。

——是「D×D」的隊長，杜利歐．傑蘇阿爾多！

杜利歐拍動五對羽翼，一口氣提升了光力！

「大家都毫不保留呢。那麼，站在隊長的立場，我也差不多該在這個時候大展身手了吧！」

氣焰逐漸高張、迸發，杜利歐身上散發出來的神聖光芒逐漸籠罩四周！

「——禁手化！」

隨著這個聲音，氣焰大幅迸發，整片天空暫時放晴！

杜利歐的羽翼——變成和熾天使一樣的六對，並且散發出金色的光芒。頭上的光環也變成了四層。

杜利歐展開雙手，挺身向前！

在他的手指到的地方，成群的邪龍、冒牌赤龍帝以百為單位，被包進了看似肥皂泡泡的透明球體裡面。

球體裡面產生了變化！沒想到，裡面竟然冒出激烈的火龍捲、足以撕裂肉體的猛烈陣風、凍結一切的寒氣、有如神之怒一般強大的閃電，還有其他各式各樣的自然現象，接二連三地發生在巨大的肥皂泡泡之中！

杜利歐變出更多、更多，大量的那種肥皂泡泡，擠滿了整片天空。那些肥皂泡泡全都關著邪龍和冒牌赤龍帝。邪龍與冒牌赤龍帝們，都在那種肥皂泡泡裡面遭受凌厲的攻擊。

杜利歐光是以這招攻擊，就將合計上千隻的邪龍與冒牌赤龍帝關進大量的肥皂泡泡裡面了！而且招式的效應還在不斷擴張！因為肥皂泡泡仍然一個一個冒出來！

杜利歐活動了一下脖子，毫不畏懼地說：

「這是煌天雷獄（zenith tempest）的禁手，『聖天虹使之必罰（flagello di colori del arcobleno），終末之綺羅星（speranza di briscola）』。那種肥皂泡泡，和另外

一種阻止爭戰的肥皂泡泡正好相反，是讓目標接受各種天譴的肥皂泡泡！不好意思喔，名稱又臭又長！因為我用著用著就多了點特性，變得有點像亞種耶！」

名稱確實是很長啦！那是義大利文吧？不過，這招的功效也太誇張了！我是聽說過，憑杜利歐持有的上位神滅具，只要他有那個意思，甚至可以改變一個國家的天候……既然他的異能足以一舉葬送那麼多邪龍及冒牌赤龍帝，確實是足以辦到啦！

這個禁手也是，他大概是控制了威力，只為了掃蕩這一帶的敵人而集中在這裡。如果他不加以限制，將能力擴散出去的話，或許能夠在整個日本變出無數的肥皂泡泡吧……而且是後天轉變為亞種的禁手也很有杜利歐的風格！

真是的，我們的隊長還真不是蓋的！

跨越種族的同盟軍之力，加上杜利歐超乎規格的能力，終於將圍繞在666身邊，那數之不盡的量產型邪龍以及冒牌赤龍帝的軍團減少到屈指可數的程度了！

因此，我們為了執行停止聖杯的計畫，朝666本體飛去。就在我們靠近到咫尺之遙的時候——

『打得漂亮。不過，你們太天真了。』

——站在666的頭部，膚色黝黑的青年，阿佩普。

他的手上拿著聖杯。他將聖杯高高舉起——耀眼的光芒隨之照耀著這一帶。

光芒平息之後，量產型邪龍與冒牌赤龍帝再次接二連三地出現在666的身邊！黑色與紅色再次塞滿了整片天空。如此的光景令大家啞口無言。

「…………怎麼會！」

「……不會吧，那些……還不是所有的邪龍嗎……！」

友軍當中傳出如此驚愕的聲音。

……葬送了那麼大量的敵人之後，對方又如此輕易地製造出援軍來，實在很讓人洩氣！

不僅如此，終於……終於！666開始行動了——！牠張開大嘴，吐出巨大的火焰團！在牠吐出的火焰的直線上的友軍全都就此被消滅，毫無抵抗能力。就連一點灰塵也不剩——巨大的火焰團，飛向我們後方的一座無名小島——剎那間冒出大規模的火柱，引發了巨響及衝擊波！火柱直衝天際！當火勢平息時，整座島都消失了。一發火焰團就能讓一座島消失——要是正面種了那招的話，就算是我們肯定也會受到致命傷。

「也攻擊那隻怪物吧！」

不知道是誰如此吆喝，而大家也隨之開始朝666發動攻擊。

然而，我們的攻擊即使傷得了666的表面，也完全無法對牠造成太大的傷害。牠的傷勢也會立即復原，像是完全沒有受過傷似的。

我也對666使出了真紅爆擊砲以及剛體衝擊拳……但是牠的傷勢還是立即復原了。

……原來如此，難怪每個勢力都煩惱該如何對付牠！我完全不覺得有辦法打倒牠！假設我對他發出神滅碎擊砲好了……大概也只能造成暫時性的傷害吧。牠肯定又會完全復原！這樣難怪高層們也苦思不得其解！而且這個傢伙身邊還有無數的量產型邪龍、冒牌赤龍帝的大軍！等到我們的戰力疲乏之後，遲早會被幹掉！

「喝啊啊啊啊啊啊啊啊啊啊啊！」

潔諾薇亞瞬間提振氣勢，發出十字危機……儘管在牠身上留下十字傷痕，但傷勢還是立即復原了。

「喔啊啊啊！」

杜利歐也擴大禁手泡泡的規模，試圖將666整隻包進去……但肥皂泡泡擴張到一半就「砰」一聲破掉了。

「……我還是第一次碰到破掉的狀況。看來666強到沒辦法用這個包起來呢。」

看來強如杜利歐也只能苦笑。

666依然沒有停止前進。

牠的模樣，令大家為之戰慄。

「……再這樣下去，666會抵達日本啊！」

甚至有人喊出如此絕望的話語。

就在這個時候——

隨著一個轟然巨響，飛在天上的666的身體稍微晃了一下。

接著，一股強絕的神聖氣焰，有如光柱一般向上竄升。光柱朝阿佩普的方向倒了下去。不過阿佩普在千鈞一髮之際躲開了……

因為事情太過突然而驚訝不已的我們，看見了瞬間讓666失去平衡的人，和製造出光柱的人。

「——怎麼，你們因為這點小事就會說那種喪氣話嗎？」

「呵呵，怎麼可能。好戲還在後頭呢。對吧，兵藤一誠？」

是飛在天上的黑大衣男子——克隆．庫瓦赫，還有手持聖槍的曹操！

「……克隆．庫瓦赫！還有曹操！」

他們兩個竟然在這個時候登場了！

克隆．庫瓦赫一邊折手指一邊說：

「我還得答謝坦尼的照顧才行。而且，要是你或瓦利．路西法因為這種程度的小事而倒下了，我也很傷腦筋。」

說完，克隆．庫瓦赫便將右臂化為龍臂，龐大的氣焰在上面翻騰。他豪邁地揮臂橫掃，便消滅了上千的邪龍及冒牌赤龍帝大軍！

曹操也已經變為禁手，帶著閃亮的環狀光背，踩著一顆球體飛上天。他只是舉槍橫向揮掃，便將邪龍悉數消滅！

克隆．庫瓦赫將視線對準了我，曹操則是拿長槍敲著肩膀，兩人同時對我說：

「──我還沒有全盤了解你們。所以我前來助陣。」

「要正面打倒你的是我──正因為如此，你要是死了我也很傷腦筋。」

…………可惡！我無法壓抑不住鼓動的心跳！之前讓我們打得那麼辛苦的勁敵居然在這種時候前來助陣！太讓人感動了吧！

不過，援軍還不只他們！

「大家快看那邊！」

有人如此大喊。仔細一看，一隻東洋的龍從天空的彼端飛了過來。我看過那隻又細又長的東洋龍！

──是五大龍王之一的玉龍！

牠的背上還有一個熟悉的嬌小人影！

「可別忘了老夫啊。」

沒錯！就是第一代孫悟空老爺爺！

「第一代老爺爺！」

老爺爺變出觔斗雲，然後就坐在上面飛上天。手上還握著如意棒。老爺爺將如意棒變大之後，一口氣捶散邪龍！

「不好意思啊，一直都沒辦法上前線。好了，為了彌補之前的份，老夫來好好表現一下吧。」

不但老爺爺也前來支援，又有另外兩個人影從玉龍背上飛了出來！

「噗噗。真是的，我這把老骨頭不堪負荷啊。」

「真是受不了悟空那個混帳東西，竟然把老早以前就退休的咱們硬是拖了出來。」

一個肥嘟嘟，長得像豬形獸人的老爺爺，和一個掛著骷髏頭項鍊，留著一把大鬍子的老爺爺一邊抱怨，一邊飛上天空。長得像豬的老爺爺從嘴裡噴出龐大的火焰，大鬍子的老爺爺則是操縱著以大量海水創造出來的各種野獸！兩位憑這些攻擊撂倒了邪龍以及冒牌赤龍帝！

看見這幅光景，第一代老爺爺笑了。

「別這麼說嘛，悟淨、八戒。況且，不知道是哪兩個老頭兒平常就把『咱們可不會輸給年輕人』這種話掛在嘴邊啊？」

——！聽見這句話我也搞懂了！長得像豬的老爺爺和大鬍子的老爺爺，就是第一代豬八戒——淨壇使者，和第一代沙悟淨——金身羅漢本人無誤！

這支援軍也太豪華了吧！沒想到可以在這種地方看到西遊記的後續發展！他們三位以天

衣無縫的組合攻擊打倒邪龍和冒牌赤龍帝，像是在對付嬰孩一樣！甚至還攻擊起666來，簡直活力充沛到不行！

在三位老爺爺大放異彩的時候，玉龍一邊隨性地噴火一邊說：

『這樣再不大鬧一場就是在說大話嘍！』

「『你沒資格說話啦，廢龍！』」

第一代八戒和第一代悟淨對打得很隨便的年輕龍王大動肝火。

第一代孫悟空老爺爺見狀，笑得開懷。

「不過，這次連太子大人都來了。玉龍，老夫勸你還是別太偷懶比較好喔。」

第一代孫悟空老爺爺的視線前方——是一名少年，身上穿著令人聯想到蓮花的服裝，飛在天上。他的腳底下踩著狀似車輪的東西，而且那個東西還冒著火。手上則是握著帶有火焰的長槍。

發出神聖波動的少年，平靜地對三位第一代以及玉龍說：

「悟空、悟淨、八戒、玉龍，別閒聊了。這是世界的危機。現在正是你們展現一直以來所修的功德之時。」

聽少年這麼說，第一代老爺爺們整齊劃一地做出回應。

曹操一面以長槍屠殺邪龍一面說：

「……哪吒太子啊。不只玄奘三藏法師的徒弟，甚至將須彌山的主戰力也投入戰局了，看來帝釋天也認真了呢。」

那就是……傳說中的哪吒太子！總覺得前來參戰的都是夢幻隊的成員，情況變得非常不得了了啊！不過，我覺得心裡越來越踏實，情緒越來越亢奮了也是真的！

不過，無論怎麼消滅邪龍和冒牌赤龍帝，牠們的數量還是不斷增加！

「唔！又冒出來了嗎！」

那些傢伙補充的數量就是多到有人忍不住這麼說。最後甚至開始冒出好幾隻長的和格倫戴爾一模一樣的邪龍，也有和像是樹木長成龍形的拉冬毫無二致的邪龍！我知道敵人也能量產格倫戴爾型的邪龍，沒想到他們就連拉冬都開始量產了！

然而，我們的援軍也在陸續趕到！出現在眼前的格倫戴爾型量產邪龍，被一個人以豪邁的拳頭擊落海面——

「好像趕上了。不好意思，我來晚了。」

是身穿獅子鎧甲的塞拉歐格，和他的隊伍的各位！

「塞拉歐格！」

正當我因為大王家的繼任宗主登場而感到開心的時候，他的身邊還出現了一名劍士，面對能夠製造出堅固障壁的拉冬型邪龍仍然輕而易舉地一劍將其砍成兩半，強得像是在開玩笑。

仔細一看——那個憑著漂浮魔法在空中到處飛行的健美先生，正拿著看似杜蘭朵的聖劍砍殺邪龍。不，即使只靠踢腿，他也能夠粉碎邪龍！

我和那個人對上了眼。明明渾身都是大塊的肌肉，臉上卻爬滿了皺紋——

「我還以為是誰呢……這不是赤龍帝小子嗎。」

他正是不久之前在教會戰士發動武裝政變的時候，來日本大鬧了一場的教會幹部，瓦斯科．史特拉達大人！

「史特拉達大人！連你也來幫忙了嗎！」

我也只能驚訝了！光是第一代西遊記小隊的出現就已經相當驚人了，可是這位老爺爺會來也同樣讓人只能驚訝啊！

史特拉達大人充滿皺紋的臉上露出笑容。

「呵呵呵，年輕人們為了世界的危機都賭命站上前線了，我這把老骨頭也只能為了天、地、人而對抗敵人啊，否則怎麼對得起主呢？我之前確實退休了沒錯，不過為了世界的危機，我又暫時復出了。」

說完，史特拉達大人又拿著仿造杜蘭朵的複製聖劍砍向格倫戴爾型的量產邪龍！跟著大人一起來的教會戰士們也隨後趕到，並且立刻飛上天，到處迎戰邪龍！

真是的！來支援的人都是些令人驚訝的厲害角色，害我都快哭出來了！這時，負責發動拘束結界的羅絲薇瑟露出一臉苦悶的表情。

「……術法已經準備好了，但是我得接近666到一個程度才行，該怎麼辦呢……阿佩普會如何出招也令人掛心。」

原來如此，還有這番顧慮啊！的確，站在666頭上的阿佩普是很有可能妨礙我們張設結界！不過，我們還得先靠近666，否則什麼也做不了。

正當我打算陪羅絲薇瑟一起殺過去的時候，曹操介入了。

「我來開路。這可是大放送喔。」

說完，他靈巧地轉了轉手上的長槍，同時發出帶有力量的話語！

「長槍啊，射穿神的真正聖槍啊！吸取沉眠在我體內的霸王之理想，挖開祝福與毀滅之間的夾縫！汝啊，闡述遺志，化為光輝吧！」

他的環狀光背變得更為閃亮，籠罩在聖槍上的神聖氣焰也提升到極大的程度。

我們惡魔光是看著那種光芒，光是被那種光芒照到，皮膚就有種灼熱的刺痛感。我隔著鎧甲都可以感覺得到，可見那是相當強烈的神聖波動。

曹操大喊！

『——霸輝（truth idea）！』

長槍有如受到神之眷顧一般，發出一波又一波極為耀眼的神聖氣焰。聖槍發出的波動逐漸擴張，遍及整片天空。

剎那間，邪龍們像是在害怕某種肉眼看不到的東西似的，有如波浪退去一般遠離666到一定距離。

這個現象似乎也波及了站在666頭上的阿佩普，他放開聖杯，突然痛苦掙扎了起來。

『……這、這是……聖經之神的……威嚴之光嗎！……再這樣下去……我會維持不了意識……！』

阿佩普離開666了！

太強了吧！雖然搞不清楚狀況，不過大概是發動了什麼能夠逼退邪惡存在的力量之類的吧？聖槍的霸輝，根據我所聽說的，功效端看寄宿在槍上的聖經之神的遺志而定……所以這次發揮的功效，就是逼退邪龍及冒牌赤龍帝大軍，並且讓阿佩普也痛苦不堪的力量嘍……？

曹操看見這個結果，輕輕笑了一聲。

「……看來，寄宿在這把長槍上的遺志這次回應我了啊。好了，接下來輪到你們上場啦。」

莉雅絲和羅絲薇瑟確認了之後，對著彼此點頭。

羅絲薇瑟拉近與666之間的距離，然後在這一帶展開一個特別大的魔法陣，並且吶喊！

「我來停止666！」

羅絲薇瑟伸手觸碰魔法陣，發動了術法。下一個瞬間，某種未知的能量力場籠罩住這整個領域。接著許多結界用的魔法陣也在666巨大的身軀周邊展開，完全包圍了啟示錄之獸。666隨即開始痛苦掙扎，但結界魔法陣一個接著一個貼到牠身上，一層又一層包裹住牠。

然後——大家觀察著666的動作。

…………

……666變得一動也不動了！

『成功了——————！』

大家興奮地大喊！為了成功停止了666而大聲歡呼！

可是，戰鬥接下來才正要開始呢！我們還得關掉聖杯才行，量產型邪龍和冒牌赤龍帝也還在活動。畢竟結界只能阻止666嘛！

接下來，只要在戒備666的動向之餘，掃蕩那些邪龍，然後將聖杯交給那兩個人處理就對了。

我對加斯帕與瓦雷莉說：

「聖杯就交給加斯帕和瓦雷莉處理了！」

『收到！我們一定會關掉聖杯！』

「呵呵呵，我會加油的。各位也不可以輸給敵人喲。」

加斯帕和瓦雷莉朝聖杯所在的666頭部移動。剩下的事情，就交給他們兩個了。

——那麼，我就去找另外一個敵人戰鬥吧。

我看向離開666頭部的阿佩普。那個傢伙降落在附近的某個無人島上。

格倫戴爾型與拉冬型的邪龍正在不斷增加。比起普通的量產型邪龍，以那兩隻為基準的邪龍強上不止十倍。

不過，阿佩普肯定更加危險！

我下定決心，為了和阿佩普展開決戰，飛向他降落的那座島——

Determination.

時間回到６６６復活的兩週前——

瓦利·路西法獨自前往歐洲的某個國家。目的地是位於遠離城市的山區的某個恬靜的鄉間小鎮。

瓦利從遠離村落的半山腰，透過高倍率望遠鏡，觀察著某個地方。

他正在看的——是在這個國家的鄉間小鎮隨處可見的獨棟房屋。望遠鏡對準了正在整理庭院的中年女性。年紀大概四十多歲吧。是一位黑髮美女。

瓦利在被阿撒塞勒收養，提升了自己的力量之後，便一直尋找著兩位血親。一位是可恨的祖父，李澤維姆。另外一位則是——

瓦利認真地看著女子的一舉手一投足。

他所尋找的——是親生母親。

不久之前，神子監視者透過北歐勢力聯繫了他。

——他們找到瓦利的母親了。

瓦利的母親，在瓦利投靠神子監視者之後沒多久，就被瓦利的父親消除記憶之後拋棄了。幾經輾轉之後，現在就像這樣，在遠離都會的小鎮開始新的人生。

……瓦利回想起和母親一起生活的時候。也就是他遭受親生父親和祖父嚴重虐待的那個時候。

母親好幾次想保護他。可是，母親是人類之身，父親只是逢場作戲才生下了他，祖父則是魔王之子，種種因素加在一起，導致母親完全幫不了瓦利。

在他被欺凌完之後，母親偶爾會照料他的傷勢……不過他後來才知道，這樣會輪到母親遭受父親暴力相向。在他的記憶當中留下深刻印象的，只有母親哭泣的表情。

年幼的他不再向母親求救。要是他求救了，母親又會被父親毆打。與其讓母親落淚，不如自己承受。所幸，他天生擁有路西法以及白龍皇的力量，比起一般的小孩耐打得多。

母親的幸福，就是不要和自己扯上關係。年幼的瓦利想通了這個道理。

儘管如此，母親給他的些許溫情，他依然記得非常清楚。

在李澤維姆和父親不知道的時候，母親會煮義大利麵給他吃。要是調味和香氣太重的話會被瓦利的父親發現，所以只加了胡椒和鹽，味道相當清淡。儘管如此，瓦利仍然覺得那種義大利麵比任何東西都還要美味。他打從心底覺得那種細長的食物好吃到不行。

瓦利和母親不常對話。雖然不常對話，但是如果能夠再見一次面的話，他有一句話想告訴母親。

他想說的不是愛、不是他們的母子關係、不是想一起生活，都不是這些。自己活得很好——他想說的就只有這件事。

實際上，隨著力量逐漸增強，瓦利也越找越意興闌珊了。因為他知道，自己變得越強，對於身為正常人類的母親來說，瓦利．路西法這個存在就越是異常，她根本無法承擔。

而且，要是自己找上了母親——以李澤維姆為首，有很多閒雜人等會盯上她吧。不如說，目前為止都沒被李澤維姆他們發現還比較令人驚訝……或許是他們一心只想著異世界，對普通的人類女子一點興趣都沒有吧。

忽然間，令人難以置信的景象映入瓦利眼中。

——年幼的小男孩與小女孩，奔向母親身邊。

……小男孩和小女孩長得和自己有些神似。瓦利馬上就明白了。

——那是自己的弟弟和妹妹。

她大概和人類男性結婚，組織了一個家庭吧。她終於得到了平凡的家人。

母親和小男孩小女孩一起笑了。笑得開朗、笑得開心，笑容是那麼的溫柔。

——對不起，媽只能準備這種東西。

無意間復甦的記憶，是自己大口吃著清淡的義大利麵時，母親對自己道歉的臉孔……那個時候，她看著自己的表情是那麼悲傷。

但是，透過望遠鏡看見的她……看起來非常開心。非常幸福。

光是這樣看著，瓦利心中就湧現一股溫暖、柔和的情感。

瞬間，他把小男孩看成了自己。他不禁想像著，笑著和母親說話的自己——

……如果自己生在一般家庭的話，是不是能像那樣和母親一起笑著生活呢……？

……………………

………瓦利輕輕放下望遠鏡。

——回去吧。

瓦利決定不去見母親，離開這裡。自己不能見母親。更不可能見弟弟妹妹。自己屬於非人類那一方。一旦見了他們，只會破壞那幸福的生活。

轉過身去，頭也不回，瓦利一步又一步，遠離那個小鎮。

瓦利・路西法有個遠大的目標。那就是變得比任何人都還要強，成為「真白龍神皇」。變得比虐待自己的祖父、比父親、比任何人都還要強。將自己與生俱來的天賦發揮到最大的極限。

但是現在，那個目標又多了一項附加條款。

——唯有他們母子的平穩，一定要守住。自己要全力保護他們，直到他們順利安享天年為止。不，就連他們的小孩，還有小孩的小孩們，也要保護。

自己不像兵藤一誠那樣，能夠說出要拯救眾多居民的那種過於其分的話。自己也不是那種人。

但是，唯有那僅僅一個家庭，自己一定要守護住。瓦利在心中如此發誓——

Life.Lucifer 啟明之星（路西法）—死鬥—

歐洲——在某國的山岳地帶，與６６６及邪龍、冒牌赤龍帝軍團的戰鬥宣告開始。

迎擊部隊除了來自反恐小隊「Ｄ×Ｄ」的瓦利隊以及刃狗隊以外，還有魔法師們加入的各個組織派出的眾多術士前來參戰。

吸血鬼們也參戰了。參加的人員早已超越了采佩什、卡蜜拉等派系的藩籬。

由於距離教會總部梵蒂岡也不遠，教會戰士們也趕來助陣。當然，轉生天使也響應了迎擊作戰。

以歐洲各國為地盤的上級惡魔們也帶著眷屬一起參戰。其中也不乏最上級惡魔，前龍王坦尼也加入了這邊的戰線。

戰鬥已經開始，瓦利隊的成員們也和刃狗隊一起撂倒許多邪龍及冒牌赤龍帝。在山地的上空、在森林裡，戰鬥越演越烈。由於時值冬季，山上的積雪導致地面狀況不佳，再加上格倫戴爾型、拉冬型的量產型邪龍也出現了，戰況變得越來越混亂。

在戰鬥當中，６６６更一度吐出強烈的火焰團，導致一整座山峰消失。

瓦利在以動作玩弄格倫戴爾型的邪龍並且接著揍飛牠的同時，腦中是這麼想的。

……這邊沒有聖杯。不過，有個強者。

——「魔源禁龍（diabolism thousand dragon）」，阿日·達哈卡。

他們曾經交手過一次，但沒有戰到最後。無論受到多少傷害，還是興高采烈地迎向自己的阿日·達哈卡，當時的模樣令瓦利想忘也忘不了。

因為，像那樣遭受自己的攻擊也沒有倒下，還笑著攻過來的對手，那個傢伙是第一個。

更重要的是，那個傢伙是最危險的敵人。毫無疑問的，阿日·達哈卡不但和阿佩普一起實際控制著６６６，他本身更具備足以獨自到處破壞歐洲各國的實力。

——還是先做個了斷比較好。

這個想法越來越強烈。

在情緒如此高昂的狀況之下，瓦利不想對付冒牌赤龍帝。自己的宿敵只有那個男人。要和他的冒牌貨以拳相向，感覺好像會玷汙自己內心的某個部分，就連碰一下都令自己心生厭惡。這點對阿爾比恩而言也一樣，每次屠殺冒牌赤龍帝都讓他的心情慢慢變得越來越差。

不過，或許因為基底是赤龍帝吧，尋常的戰士完全不敵牠們，主要是強者在對付。

——這時，一種陌生的強力結界術式逐漸包裹住６６６的身體。

６６６隨即開始痛苦掙扎，然後停止動作。

瓦利立刻會意過來。這是阿撒塞勒說的那種暫時阻止666的術法。其功效不同凡響，一直到剛才那一刻都還在噴火的啟示錄之獸，突然就停止了動作。

既然666已經停止，接下來就看在日本近海戰鬥的同盟軍是否能夠關掉聖杯了。對於這邊的戰線而言，只需要打倒剩下的邪龍以及冒牌赤龍帝即可——應該就是這樣了吧。那麼，還是排除在這個時間點最為危險的敵人比較好。

瓦利不經意地探索起最危險的存在的氣息。他深深集中精神，將感應能力變得敏銳，便在離這裡稍遠的山頂上捕捉到對方的氣息。

忽然，有人對瓦利搭話。

是幾瀨鳶雄。他以從地面長出來的無數巨大刀刃將格倫戴爾型邪龍碎屍萬段之後說：

「瓦利，你去吧……你想和他做個了斷對吧？」

他和黑狗「刃」似乎也察覺到阿日．達哈卡的氣息了，往那個方向看了過去。

幾瀨鳶雄說：

「你也不想讓這些傢伙繼續作亂下去了吧？……他們再破壞下去，不只歐洲各國的都市區，遲早連恬靜的『鄉間小鎮』都會受害。」

聽見這句話，瓦利發現幾瀨鳶雄知道他的狀況。

沒錯，就是這樣。在聽說666與邪龍們出現在歐洲的時候，浮現在瓦利腦海裡的……

是住在那個鄉間小鎮的某一家人可能面臨危機。

他自己也十分清楚，這樣很不像他。就連感受到這種心情的經驗他也很少有，這也讓他困惑不已。然而，他確實非常擔心那一家人。

或許就是因為這樣吧。他才會覺得應該在這裡打倒最具危險性的敵人——阿日・達哈卡。

「沒錯。這裡就交給我、小鳶還有小瓦的朋友們吧。」

一面這麼說，一面將飛在空中的大群邪龍瞬間凍結的是魔女——拉維妮雅・蕾妮。

她身旁站著一個全長約三公尺，以冰構成的人形怪物。外型像是穿著禮服，長著四條纖細的手臂。臉上沒有口鼻，左臉長了六隻眼睛，右臉長著向前突出、看似荊棘的東西。

——「永遠的冰姬」，神滅具之一。屬於獨立具現型。

一旦發動了，已經構成的公主就會出現在持有者身旁。公主將遵照持有者的命令，凍結任何東西。

只要有心，也能夠散布凍氣，將這一帶化為冰之世界。若是將能力發揮到極致，範圍可以大到冰封一個小國家。

而且，持有者拉維妮雅自己也是首屈一指的魔法師。區區的量產型邪龍根本無法阻止冰姬吧。

美猴也和幾瀨鳶雄以及拉維妮雅持同樣意見，一面以如意棒掃開許多冒牌赤龍帝一面笑著說：

「哈哈哈！就是這麼回事！瓦利，這裡交給我們，你去打倒那個操控666的混帳阿日．達哈卡吧！」

他身旁的亞瑟也從聖王劍柯爾布蘭發出極大的神聖氣焰，劈開了拉冬型邪龍張設的防護罩。

「去展現一下你的隊長風範。讓我看看我和柯爾布蘭選上的龍的生存之道吧。」

黑歌操控著數之不盡的火車，毫不留情地燒灼著沒了防護罩的拉冬型邪龍。

「我很慶幸自己一直以來跟在瓦利身邊喔。多虧有你……我才能夠再次和妹妹一起歡笑。光是這樣就足以讓我將以前的不愉快拋在腦後了喵。所以——」

勒菲一面輔助她的哥哥，一面以魔法應戰。

「沒錯！這一代的二天龍，兩位我都很喜歡喔！兩位都很帥！」

此外，芬里爾也支援勒菲，以利爪尖牙將格倫戴爾型邪龍撕裂。十公尺級的魔像——戈革瑪各也從眼睛發出光線，並且以類似金剛飛拳的招式擊落整隊冒牌赤龍帝。

由瓦利隊暫時管理的準成員們也都支援著他們。

過去的同伴幾瀨鳶雄與拉維妮雅，還有現在的同伴瓦利隊成員都這麼表示，讓瓦利鬥志高昂。同時感謝之意也打從心底油然而生。

——謝謝你們。瓦利對於連這樣的話語也無法老實說出口的自己感到焦躁。不過，要是真的說出口了，他們也只會笑著說「這樣不像你」吧？

幾瀨鳶雄帶著和從前沒有兩樣的溫柔笑容說了。

「身為二天龍、身為路西法，選擇了這樣的生活方式的你，該讓這個世界見識到一個答案了。」

他向前踏出一步。漆黑的狗——刃也跟進。

「好了，我也——該出招了。刃，可以吧？」

刃搖了一下尾巴。然後——黑暗的世界就此開始。

陰影、黑霧、暗黑，存在於現世的各種黑暗聚集到幾瀨鳶雄身邊，他自己身上也不斷冒出黑暗。

他從嘴裡，平靜地、深沉地、確切地編織出有如詛咒般的咒文。

『——為斬生人與道理願啼幾千回。』

漆黑的霧靄，逐漸覆蓋住幾瀨鳶雄與黑狗。霧靄擴展到前所未有的程度，幾乎要淹沒這一帶。

『——為斬化生與凶兆願謳幾萬回。』

其四肢沾上了暗黑霧靄，變化為異樣的肢體。

『——屈於悠遠深淵之名，乃假稱極夜與白夜之虛偽之神是也。』

黑狗——刃沉到蔓延在腳邊的黑暗之中。

『——汝，吾等將以漆黑魔刃滅之。』

黑色的霧靄逐漸籠罩住幾瀨鳶雄的全身，黑暗貼附在他的肉體上，逐漸同化。

他的形體維持著人形，卻又逐漸變化為不同於人的事物。頭部、臉孔，變成狗一般的樣貌。

暗黑在幾瀨鳶雄身旁大幅隆起，逐漸具體成形。暗黑化為前腳、後腳、尾巴，最後更形成大幅張開的獸顎。接著，他的身邊又冒出同樣隆起的黑暗，接連凝聚成形體。

出現在幾瀨鳶雄身邊的，是一大群有著漆黑毛皮的「狗」。

『——何其虛渺，超常之創造主（神）啊。』

幾瀨鳶雄說出咒文的最後一節之後，由暗黑之中產生的「狗」群，以澄澈具穿透力的美聲，發出令人從身心深處顫抖的吠叫。

「嚎喔——————……」

出現在那裡的，是披上黑暗外衣的人形野獸——

成群圍繞在他身邊的，則是吐出暗黑的大型「狗」群——

幾瀨鳶雄從腳邊變出一把有著長而銳利的刀刃的大型鐮刀，然後拿起來轉了幾圈。他們看起來，就像是收割生命的地獄使者，以及跟在他身邊的狗群。

這個現象並未就此結束，周圍、這一帶的地面接連冒出巨大且形狀扭曲的刀刃。每一把都是又粗、又長、又銳利。

那些魔刃，全都象徵著足以砍倒神祇的凶兆。魔刃在周遭這一帶擴散，幾乎要蓋滿整條山脈。

黑暗之刃不斷不斷，不斷不斷接連冒出來。每當刀刃冒出，邪龍、冒牌赤龍帝，便毫無抵抗能力地被一刀兩斷。

幾瀨鳶雄舉起鐮刀一揮，便產生了看似空間也被斬斷的現象，許多格倫戴爾型邪龍連同周遭的樹木、岩石，同時被攔腰砍成兩段。

化為黑色野獸的幾瀨鳶雄一聲不響地在山林間移動，毫無窒礙地揮舞著鐮刀。就連好幾隻拉冬型邪龍也連同堅固的障壁一起被砍倒。

成群黑狗也跟隨著主人，咬著長在森林裡的刀刃拔了出來，並且直接橫向叼在嘴裡。叼著刀刃的狗群高速切割著邪龍。狗群將身子沒入陰影之中，在影子裡面移動，然後從位於敵人死角的影子裡現身。牠們和主人幾瀨鳶雄一起，毫不留情地收割邪龍們的生命。

牠們所到之處，最後只會留下邪龍的屍骸及黑暗的氣焰。完全沒有牠們斬不斷之物——

就連見過、戰過各式各樣強者的瓦利隊成員們，面對這個現象也驚嚇到無以復加。

本質上來說，「黑刃狗神(canis lykaon)」的持有者所發展出來的禁手，根據觀測應該是「夜天光的亂刃狗神(night celestial slash dogs)」。

然而，幾瀨鳶雄從出生的那一刻便已發展出那個禁手，在他能夠駕馭神器本身之後，便朝向更深的地方邁進。

——「深淵之冥漠獸魔，當成英傑之常夜刃狗神(perfectus tenebrae lykaon et fortis dens lailaps)」，幾瀨鳶雄到達的……不，是貫徹了禁手的境界，研磨「夜天光的亂刃狗神」之後所抵達的禁手的深淵面(abyss side)，就是眼前的現象了。

話雖如此，即使是幾瀨鳶雄那股能夠斬斷一切的力量，想必也無法完全打倒６６６吧。

牠就是強絕如斯的怪物。

關於神滅具，各陣營所提倡的學說各有不同，而對於這方面的造詣最深的阿撒塞勒所提倡的學說，是「神滅具是擴張性特別高的神器」。

尤其是到達禁手境界的時候，在能力有所提升的能力增大現象(scale up)，以及能夠使用的異能數量有所成長的能力增加現象(scale out)，神滅具在這些現象上都明顯比其他神器高上一等。

阿撒塞勒更曾經如此闡述，神滅具所具備的器量、實現性，足以汲取持有者的所有才能及創造力，並加以實現。

——神滅具的禁手，才是真正足以破壞平衡的能力。

阿撒塞勒表示，禁手的可能性大略可以分成三種。

包括亞種在內，加以強化、進化的昇華面（crest side）。禁手多半都屬於這一種。

追究自己與神器應有的樣貌至瘋狂的境界，讓自己與神器交融在一起所呈現出來的深淵面。瓦利和幾瀨鳶雄都屬於這種。

然後是無法分類進這兩者，引發突變的虛外面（ex side）——

像是兵藤一誠、木場祐斗的聖魔劍、加斯帕·弗拉迪、匙元士郎等等，在吉蒙里眷屬之中以及周遭都觀測到許多這樣的案例。不僅如此，兵藤一誠、加斯帕·弗拉迪、匙元士郎也觸及了深淵面，可以說是充滿特例的世代。

原本不可能發生的現象以兵藤一誠為中心不斷發生，讓阿撒塞勒相當關注。

——這個世代，是前所未見的神器、神滅具革新時代。

阿撒塞勒曾經興高采烈地這麼說。

瓦利也揚起嘴角，同意他的意見。正因為如此，自己和兵藤一誠以及強敵們才會達成無法預料的進化。這正是他最期待的樂趣。

總有一天，他還要繼續和兵藤一誠將那一戰打完。這也是他和兵藤一誠本人約定好的事情。

為此——除掉眼前的威脅、強敵，是他現在的第一要務。

拉維妮雅說：

「好了，你去吧，小瓦。不久之後，這裡就要化為冰與刃的世界了喔。」

聽了這句話，瓦利飛上天，離開了現場。她恐怕也想使用禁手吧。

在拉開距離之後，他看到山脈地帶出現了大範圍的凍結現象，並且到處冒出刀刃，化為拉維妮亞所說的世界。

坦尼帶著眷屬們一起在空中戰鬥。他一面將邪龍及冒牌赤龍帝擊落至山林地帶，一面對瓦利說了。

「當心阿日．達哈卡的魔術啊，年輕的白龍皇！」

沒想到會得到坦尼的關心而嚇了一跳的瓦利……靜靜點了一下頭。

這裡有他們和同盟軍的各位負責的話，必定能夠解決掉量產型邪龍與冒牌赤龍帝軍團。

瓦利高速飛向他感應到阿日．達哈卡的氣息的地方。

—○●○—

在山岳地帶飛了十幾秒之後，瓦利看見了冒出強烈氣焰的源頭。

對方應該也察覺到他了才對，但並未發動攻擊。

瓦利在那個源頭附近降落，眼前是一隻有著三顆頭的巨大黑龍。

阿日．達哈卡看向瓦利，出言歡迎他。

『嗨——你來啦，白色的。』

『呀呼——☆』

『你很慢耶！』

不過，阿日．達哈卡又將視線移回原本的方向。牠似乎在欣賞眼前的光景。

沒錯，在那個傢伙視線前方的，正是「D×D」與同盟軍正在對付邪龍們的戰場。

山林已然凍結，還長出許多形狀扭曲的刀刃。無數的黑色邪龍與紅色的冒牌赤龍帝在那樣的環境之中四處亂竄。爆炸四起。

山岳地帶的景觀，已經完全變了樣——

阿日．達哈卡在看的不只這一幕，牠還用魔法投射出影像，觀看著在其他地方進行的666與邪龍軍團對抗各勢力的戰鬥。

看著那些景象，阿日．達哈卡問了。

『吶，瓦利．路西法。這裡和呈現在其他神話世界的破壞光景——看著這可以說是展現出末日景象的情景，你有什麼感覺？』

『你覺得呢？』

『老實說，你覺得怎樣？』

兩旁的頭也以搞笑的語氣問瓦利。

瓦利沒有回答，而阿日．達哈卡仍然自顧自地滔滔不絕了起來。

『如果是正義使者的話，心聲應該是「你們竟然做出這種事情來！」或是「不可原諒！我一定要打倒敵人！」之類的吧？相反的，如果是壞蛋的話，大概會說「嗚哈哈哈，真是奇觀啊！」或是「看吧，這正是吾等所期望的世界末日！」之類的吧。』

『我試著模仿了一下李澤維姆老弟和舊魔王派的語氣！』

『不要生氣喔！』

原本還對話得很開心的三顆頭，突然變得面無表情，簡單表示。

『不過那些都不是我的感覺──嗯，我想也是這樣……我的感想就只有這麼簡單。』

『嗯嗯。』

『預料中事！』

『破壞這種事情，從諸神的時代開始，就沒什麼太大的不同。各種現象，祂們那些神和我們這些怪物大致上都已經引發過了。就這次的事件而言，結果頂多是某個神話受到嚴重的破壞，或是比這個還要誇張一點而已吧。不過，儘管如此，繼續這樣下去，世界還是會毀滅就是了。』

說到這裡，阿日·達哈卡目空一切地遠望著天空。簡直像是在遙想某個不同於這裡的地方似的——

『但是，既然有所謂的異世界的話，或許會有什麼超乎我想像的事物存在。我是這麼覺得啦。』

阿日·達哈卡轉過頭來說了。

『——據說那是個機械生命體與精靈對立的世界，名叫「E×E」。是個未曾記載於任何傳說、任何文獻，完全未知的領域，很有意思吧？我們所知道的，只有掌管精靈的善神樂善托拉施，與掌管機械生命體的邪神梅爾瓦佐亞，將那個世界一分為二，各自支配著自己的領域。』

——「E×E」。

瓦利也是第一次聽到異世界的情報。機械生命體……還有精靈。那裡的神的名字，他也是第一次聽說。

阿日·達哈卡愉悅地笑了。

『咯呵呵，超越人稱「D×D(dragon of dragon)」的偉大之紅以後，在前方等著我們的，竟然是冠上「E」之名的世界，你不覺得很有趣嗎？』

見傳奇邪龍笑得像孩童一樣，瓦利笑了。

「呵，原來你那麼愛幻想啊。真沒想到傳奇邪龍會像這樣大談未知的世界。」

說到異世界時，阿日．達哈卡的表情簡直和孩童沒兩樣。

阿日．達哈卡露出戲謔的笑容，並且說：

『──其他那些傢伙都太裝模作樣了啦。說什麼征服世界、什麼要改造世界，光會在言詞上大做文章，其實不過就是心智尚未完全成熟的任性小鬼在發脾氣罷了。這點我也好不到哪裡去。不過呢，我的想法更單純。只要能夠和強者打架，可以看見稀奇的事物，我就滿足了。如果說這樣是邪惡的話，就當我是邪惡吧。我當個邪龍就滿意了。』

『黑暗之龍！』

『邪、惡、龍！邪、惡、龍♪』

「…………」

瓦利陷入某種奇妙的感覺之中。對方是邪惡，是邪龍。而且是傳奇中的傳奇。在邪龍之中也足人稱數一數二的強者之一。然而，不知為何。牠比自己至今遇見過的任何惡意的結晶都還要吸引人，同時也更加危險。

舊魔王派、被兵藤一誠幹掉之前的曹操，甚至那個李澤維姆，他們大談信念、野心，但總讓人覺得看起來像是在逞強裝成熟。他一直覺得那些人在行動時都沒考慮過自己的斤兩。

然而，阿日．達哈卡……不，恐怕阿佩普也是，這兩隻邪龍都是先充分了解牠們自己之後，才單純追求破壞。

見瓦利不發一語，阿日・達哈卡自我解嘲了起來。

『嘿，你覺得我也很像小鬼是吧。沒關係，經常有人這麼說。』

但是，瓦利搖了搖頭。

「……不，因為太過單純，我反而對你產生好感了，阿日・達哈卡。」

聽他這麼回答，阿日・達哈卡開心地笑了。

『咯呵呵，瓦利・路西法。咱們再戰一場吧？戰到渾身鮮血淋漓還是要用力互毆下去。光是想到要和天龍戰鬥就讓我熱血沸騰了起來！』

『打倒二天龍得到最強的勳章！』

『邪龍才是最強！』

在這番對話之後，雙方默默不語了好一陣子。阿日・達哈卡也消除了以魔法投射出來的影像，全身上下散發出充滿戰意的氣焰。其震撼力化為熱氣，累積在四周，甚至到了足以融化積雪的地步。

對峙了幾秒鐘之後——雙方從現場消失了。接著，他們出現在空中。瓦利對著阿日・達哈卡，發出好幾發氣焰彈。

對手製造出堅固的防禦魔法陣，正面將那些攻擊全數擋住，並且發出許多光之魔法作為反擊。

瓦利有一半的惡魔血統。如果只是尋常的光，他還不需要在意，但敵人如果是非比尋常的強者，那就另當別論了。阿日．達哈卡發出的光之魔法，是將魔法力經過壓縮再壓縮之後凝聚出來的術法。若是直接命中的話，即使是瓦利也不可能毫髮無傷。

瓦利在空中試圖高速迴避，但光之魔法像是有自己的意識似地追著他糾纏不休。瓦利又試圖以白龍皇的特性將其減半，但阿日．達哈卡的光魔法不讓他如願，動個不停，讓他無法鎖定目標。

『Reflect!!』

瓦利改用反射的特性，反射了飛射而至的光之魔法，但光之魔法在反射之後威力依然不減，又回到原本的軌道，繼續追逐瓦利。

在這段過程之中，阿日．達哈卡也準備著下一個魔法。他在整個天空展開不計其數的魔法陣，一口氣從中發出火、水、風、雷、暗等各種屬性的魔法！

這幅光景已經超越了驚異所能形容，就連瓦利也為之背脊一涼，廣大的山脈上空完全被阿日．達哈卡發出的魔法攻擊占滿了。

瓦利再怎麼厲害，也無法全數擊落，或是將其減半。他提升氣焰，朝自己身邊解放出白龍皇的特性。

『Half Dimension!!』

隨著帶有力量的語音，能夠將一切減半的領域在瓦利身邊展開。飛向他的各種魔法接連逐漸減半，變得越來越小，到了打在瓦利身上的時候已經微弱到在撞上鎧甲的同時便消散的程度了。

然而，那也只是一小部分。規模大到異常的魔法掃射毫不止息，接連朝瓦利射出。雖然有減半領域將每一波魔法縮小……但終究有其極限。不僅如此，從剛才開始就對瓦利糾纏不放的光之魔法也還在。一面注意會追蹤的光之魔法一面到處飛行，同時持續使用減半領域，就算瓦利再怎麼厲害，這也是相當耗費精神的事情。

終究，光之魔法還是趁瓦利露出破綻的時候，刺進了他的背上！魔法輕易破壞了鎧甲，燒灼瓦利的背，令他皮開肉綻，在山脈的空中噴灑鮮血。劇痛讓他的專注力差點消失，但他好不容易維繫住意識，試著維持減半領域……然而阿日・達哈卡的魔法仍然持續發射著！不，是完全沒有停止的跡象！

牠所發出的魔法已經超過四位數，進到五位數了。就連瓦利也不禁佩服。那隻邪龍的魔法力，已經不只是非比尋常！魔法力之量已經進入神之領域了！之前和牠戰鬥的時候，牠還沒有施展到這種程度。展開的魔法陣數量超乎常軌的部分是一樣……但是沒有連續發射到這種地步！

阿日．達哈卡欣喜若狂地大喊！

『那麼，接下來也加入禁術好了——————！』

『非同小可喔！』

『擋得住你就擋擋看啊！』

如同這番宣言，牠所展開的魔法陣產生了變化！魔法陣的圖紋上浮現出古代魔術文字以及遭到禁止的言語等等，開始發出危險的顏色。魔法陣本身也開始扭曲變形，產生啪吱作響的電流。

從這樣的魔法陣當中噴出來的——是呈現骷髏頭形狀的紫色火焰、充滿詛咒的暴風、染上暗黑之色的雷電、流著血淚受到詛咒的聖母、光是受其注視就可能喪命的獨眼巨人等等……禁止級的屬性、召喚、詛咒，體現了世上所有噩耗的魔法，朝瓦利射去！

要是直接命中的話……恐怕連骨頭也不剩了吧！瓦利提升自己的氣焰，詠唱白銀的咒文。

「吾，乃覺醒者，乃將律之絕對墮於黑暗之白龍皇也！穿越無限的破滅及黎明的夢想而行霸道！吾，當成無垢的龍之皇帝——」

「——領汝走上白銀的幻想及魔道的極致！」

『Juggernaut Over Drive!!!!!!!!!』

瓦利快速詠唱咒文，瞬間完成了「白銀的極霸龍（empireo juggernaut over drive）」的變化。背後的鎧甲也已經跟著復原了。

要對付禁術，他不得不使出絕對的力量！

瓦利展開雙臂，將力量提升再提升，準備正面迎擊攻向他的無數惡耗的象徵。他以自己為中心，提升減半之力，然後解放之！

『Compression Divider!!!!!』

這是能夠壓縮一切具象；不，就連夢境、幻影都能夠壓縮的，瓦利的密技。而且，這次他灌注了全力。

就連那個最上級死神（grim reaper）普路托也因為這招而消滅，任阿日．達哈卡的禁術再怎麼厲害也只能被這招壓縮。飛向瓦利的魔法連碰都碰不到他，就被壓縮再壓縮，逐漸變小，最後消失。

即將落在瓦利身上的禁術全部消失之後，阿日．達哈卡的魔法攻擊終於停止了。不是因為耗盡了魔法力，而是牠對於瓦利在戰鬥中的優異表現感到欣喜若狂。

另一方面，由於瓦利的這種變身必須割肉削骨，他大量消耗了魔力與體力，作為使用力量的代價。就連他也還不習慣這種型態，大口喘著氣。

瓦利緩緩降落，再次與阿日．達哈卡對峙。降落到地面的那一刻，瓦利的意識瞬間變得模糊，害他單膝跪地。

……看來耗損比自己以為的還要大。

——對手好強。遠比李澤維姆強多了。

『阿日．達哈卡已經達到天龍級了。』

阿爾比恩這麼說。

……原來如此，與被歌頌為最強的二天龍在同一個層次。難怪這麼強。同樣變成天龍級的克隆．庫瓦赫似乎是經過修練而達到那個境界，阿日．達哈卡大概也是在復活之後提升自己的力量而進入了那個領域吧。既然如此，不難想像阿佩普也達到了一樣的成果。

至少，牠肯定變得比之前對戰的時候還要強多了。雖然說當時還有隊友在，不過至少還能對牠造成傷害，讓牠渾身是血。雖然完全無法削弱牠的戰意，但至少攻擊還能奏效。瓦利事前完全沒想到，自己這個人稱最強的白龍皇，竟然只能被壓著打。

面對如此的結果，瓦利也只能露出自嘲的笑容了。

阿日．達哈卡開心地說：

『不然這樣好了，你想用阿爾比恩真正的力量也可以——我很想看看被揶揄為毒龍皇的你有怎樣的力量呢，阿爾比恩？不，「格威柏」？』

『阿爾比恩．格威柏！』

『你明明就是格威柏吧，格威柏！』

……沒想到牠會提那個名字……不，那個傢伙也是遠古時代就存在的邪龍，對白龍皇應該也知道得很多吧。

正如阿日．達哈卡所說，白龍皇阿爾比恩，過去還有個名字叫做格威柏。在威爾斯的語言當中意指「毒蛇」。

阿爾比恩與牠的宿敵德萊格都不提這件事，不過白龍皇、白龍，在過去是用毒的龍。儘管有著潔白的美麗外貌，卻擁有連神祉也退避三舍的醜陋劇毒，讓阿爾比恩厭惡、詛咒這樣的自己。

『……那個名字和力量我都封印起來了。』

阿爾比恩從寶玉當中發出聲音，否決了敵人的建議。

而阿日．達哈卡只是笑得開懷。

『不過呢，事實上也正是因為有那股力量，才會有一段時期連各勢力的神也避諱你吧？儘管肉體潔白而美麗，身上卻藏有連神祉也害怕的劇毒……這種充滿諷刺感的力量我很喜歡喔！』

『我想看看散發劇毒的你！』

『想中你的毒！』

阿日．達哈卡不斷挑釁，而瓦利可以感覺到，阿爾比恩的心境相當複雜。阿爾比恩否定在用毒的時候的自己。牠不喜歡提，也不允許瓦利拿出來說。

瓦利本身也覺得，就算沒有那種東西，白龍皇的力量也是魅力十足，所以之前也刻意不提……

但是，瓦利儘管詛咒祖父，卻依然對路西法之名引以為傲。和這樣的他相處了這麼久，阿爾比恩自己的價值觀、想法也一點一點在轉變，瓦利隱約這麼覺得。最重要的，是現任赤龍帝兵藤一誠那超乎常識的模樣，也大大影響了阿爾比恩。影響之鉅，甚至讓牠得了心病。

不過──透過超乎常規的持有者兵藤一誠、瓦利．路西法，牠在這個世代多了很多和德萊格暢談的機會。這也讓阿爾比恩看待事物的方式漸漸改變。

一直盯著瓦利看的阿日．達哈卡，忽然歪著頭這麼說：

『……我總覺得你和赤龍帝不太一樣，卻又有些地方很像呢？──你們都有著想守護某種事物的眼神。而且不是自己的自尊之類的東西。是想保護某個特定人士的傢伙的眼神──是女人嗎？』

……沒想到，這點會被邪龍看穿。

瓦利輕輕笑了一下。

「……要說是女人，倒也沒錯。不過，並不是戀人之類的關係。只是，很久以前……曾經稍微照顧過我的人。我不會像兵藤一誠那樣打算保護大多數的人，沒那麼自不量力。我從來不曾有過那種心態。」

來到這個戰地之後，那個人、那一家人，一直不時浮現在瓦利的腦海裡。看起來很幸福的母親和妹妹、弟弟——

再這樣下去，666、阿日．達哈卡的惡意，肯定會波及他們。

自己——不能讓牠們得逞。絕對不能讓牠們得逞。

瓦利說：

「我是有想要保護的人沒錯，就算只有一個家庭。你會因此輕蔑我嗎？覺得我懦弱嗎？我倒是覺得，這種感覺意外的還不壞。」

阿日．達哈卡揚起嘴角，卻不是在嘲笑他。他喜不自勝地接受了瓦利的反應。

『咯呵呵，將這種事情放在最後的底線作為內心依靠的傢伙，我之前也對付過幾個——每一個都是強敵，毫無例外。所以，我完全不會小看你！還會把你當成更高一階的強者！』

就在這一剎那，阿日．達哈卡展開了魔法陣，開始改變周遭的風景。瓦利擺出備戰架勢……但立刻理解到，這並非直接攻擊的魔法。周圍的景色……逐漸扭曲變形。

瓦利開始有種墜入景色之中的感覺……

——於是，瓦利就此落入阿日．達哈卡製造出來的幻術世界之中。

○●○

——一睜開眼睛，看見的是陌生的室內。

他知道自己躺在床上——接著，他隨即感覺到自己的身上有個重量。有人坐在躺著的自己身上。

他看了過去，坐在自己身上的，是個小男生。是個長得和自己很像的小男生。

小男生看見瓦利醒了，非常開心，帶著笑容低頭看著他。

「哥哥醒了！」

小男生開心地喧嘩。接著又有一個小女生進到房間裡來。也是個長得和自己很像的小女生。

小女生責罵那個小男生。

「真是的，不可以吵醒哥哥啦！」

正當瓦利感到疑惑時，小男生拖著瓦利的手，想帶他離開房間，到別的地方去。

「哥哥！吃飯了！要快點起床才可以！」

瓦利在困惑之餘點了點頭，隨口應了聲「好……」，然後就在小男孩的帶領之下，跟著他走。

他們來到的地方是客廳。廚房裡傳出水聲。這時，待在廚房裡的人察覺到瓦利來了，便來到客廳。

知道來者是誰之後，瓦利緊張得無法呼吸。

「哎呀，瓦利，你起床啦？你昨天好像為了準備考試用功到很晚呢。大學生真是辛苦啊。」

因為站在那裡的，是笑容可掬的──他的母親。

……果然，他早就知道了。吵醒自己的小男生和那個小女生──就是自己的弟弟和妹妹。不過，他也早已識破這是幻術了。

然而，在看見媽媽的容貌時，自己的內心有某個部分差點崩潰。當媽媽對自己說話時，儘管知道這是幻術，還是讓自己心神大亂。

「我去準備煮飯。」

說著，媽媽開始準備午餐。

瓦利坐到位子上。弟弟和妹妹分別在他兩旁坐下。

端上餐桌來的，是極為平凡的家常菜。熱湯和麵包、蒸熟的馬鈴薯、些許沙拉，都是瓦利在電視上看過的菜色。

「「「我要開動了！」」」

媽媽和弟弟、妹妹這麼說完，開始吃午餐。

見瓦利一臉困惑，弟弟問道：

「哥哥，你不吃嗎？」

母親見狀，也疑惑地問：

「哎呀，你沒有食慾嗎？」

「不、不是，我要開動了。」

瓦利拿起湯匙，喝了一口湯。嚐到湯的滋味，他察覺到自己的感動。

——湯是如此溫暖而美味。

就在瓦利繼續用餐時，他聽見了那隻邪龍的聲音。

『那裡是我創造的暫時性的世界。是能夠製造出你衷心盼望的世界的魔法結界。出現在那裡的景象，就是你真正想要的世界。』

那個聲音出現在他的腦子裡。

這裡果然是虛幻的世界——同時，也是自己想要的世界——

阿日．達哈卡似乎覺得相當可笑。

『這樣啊。沒想到人稱歷代最強的白龍皇，想要的是那樣極其普通的一般家庭啊。』

……瓦利無言以對。

……沒想到，自己的內心深處，是這麼渴求著家庭……

吃完飯之後，弟弟拉著瓦利的手。

「哥哥！我們去外面踢足球！」

接著換妹妹拉著瓦利的手說。

「不可以！哥哥今天要教我念書！」

「要陪我玩！」

「要陪我念書！」

弟弟和妹妹拉著瓦利的手臂爭奪他。看見這一幕，母親笑了。

「喂，你們再拉下去，哥哥的手會被你們扯下來喔！」

弟弟和妹妹爭著要自己陪他們，而媽媽開朗地看著這樣的孩子們——

最後，自己先陪妹妹念書，然後再和弟弟踢足球。

教完妹妹歷史之後，又陪弟弟踢足球踢到傍晚。然後三個小孩一起幫忙媽媽洗衣服。

看見媽媽和弟弟在自己的眼前嬉鬧，瓦利不知不覺間露出了笑容。

這時，阿日．達哈卡說：

『如果你想要的話，也可以一直在那個世界裡面活下去喔。因為那就是這樣的一個結界。面對自己強烈冀望的世界，已經有幾十、幾百、幾千名強者都墮入其中。』

……原來如此，阿日．達哈卡能夠使用如此強烈的魔法啊。儘管是埋首於戰鬥的戰士、英雄，也有珍視的事物，或是曾經有過吧。那樣的事物如此鮮明地重現在自己的眼前——會有人因而折服或許也不足為奇。

瓦利在那個世界過了一晚。晚上，弟弟和妹妹還爬到他床上要哥哥陪他們睡。

有生以來……瓦利第一次和家人一起入眠。原來，人世中有能夠令人如此安心的時間，讓他打從心底受到震撼。

隔天，他們一早就起來一起吃早餐。用餐時四個人一起對話，原來這麼能夠填補內心的空虛……

吃完早餐之後，他們一家四人圍在一起玩桌上遊戲。一有什麼事情弟弟妹妹就會開始打鬧，讓媽媽和自己忍不住大笑。

溫柔的世界，安祥的世界——

沒有戰鬥，只有和家人一起度過的幸福時光——

在和諧的時光不斷流逝之際，瓦利露出了發自內心的笑容之後——站了起來。

看見他的模樣，弟弟和妹妹都一臉狐疑。

「哥哥？你怎麼了？」

「哥哥？你很難過嗎？」

兩人看著他的臉孔這麼問。

——不知不覺間，瓦利壓抑不住湧上心頭的千頭萬緒，流下眼淚。

原來世上有這樣的幸福啊……這就是……能夠在一般的家庭當中得到的，一般的幸福啊……

自己無法得到的時光——

但是，不知道是幸或不幸，瓦利所具備的力量，強大到足以讓他清楚認知到這是幻影，是虛構的，強大到足以讓他免於墮入其中。就連在這裡度過的時光，在現實當中可能也不過只有幾秒鐘吧。

如果能夠埋首於這樣的日子之中，不知道該有多好——

如果能夠沉浸在這個世界之中，不知道會有多開心——

瓦利流著淚，緊緊抱住弟弟和妹妹。

「……我……」

連你們的名字都不知道——

連叫你們一聲都辦不到——

所以，心裡才知道這是虛構的。最諷刺的是，那個時候沒有去見你們，反而成了足以否定這個世界的主要因素。

瓦利溫柔地對他們說：

「我必須去一個地方才行。沒辦法繼續陪你們玩……我真的覺得很對不起你們——抱歉。」

即使是夢境也好。

即使是幻影也罷。

儘管如此，還是見了面。還是碰觸了彼此。

有生以來第一次，過了普通的家庭生活。

「即使這是夢境、是幻影，我還是很慶幸能夠見到你們……和你們說過話。光是這樣，我——就能再戰幾千年，再活幾萬年……！」

瓦利再次緊緊抱住弟弟和妹妹的幻影。

想要記住他們的溫暖——

「……抱歉，我沒辦法叫出你們的名字——但是，我要走了。為了保護你們——」

放開兩人之後，瓦利走向這個家的大門。

他對一臉悲傷的母親說話。

即使這是幻影，能夠再次和妳說話、和妳一起生活，真是太好了——

「媽媽，我們大概不會再見面了……大概也不會再說到話了，不過，就算是這樣，我也會從遠方看顧著妳，還有弟弟、妹妹。」

要是在這個時候擁抱了媽媽，一定就無法回到現實中了。

所以……所以，不能碰觸她。一旦碰觸到她，我……

瓦利帶著最燦爛的笑容說了。

「所以，謝謝妳。謝謝妳再次陪我說話。即使這是幻影也好，對我來說已經足夠了。我會一直保護妳的，所以——」

瓦利走出大門。

「——再見。我要走了。」

——再見了，我的家人。

走出大門之後，等在前方的，是個看似父親的人影。不是那個毆打瓦利的爸爸，也不是弟弟和妹妹的爸爸。恐怕，是瓦利心目中的「父親形象」在這個術法當中反映出來了吧。

沒錯，仔細一看，那是——

這讓瓦利再次體認到，無論怎麼否認，自己在內心深處還是這麼覺得。

不過，自己並不覺得不舒服。

「你要走了嗎？」

「是啊，我要走了，阿撒塞勒。我真的非常很慶幸，能夠遇見現實中的你。我是──瓦利．路西法。」

回去吧──

回去那個有夥伴、有勁敵，也有阿撒塞勒等著我的世界──

─○●○─

虛假的世界逐漸崩潰，充滿積雪的山景再次出現在眼前。

眼前的那隻三頭龍問道：

『……你作了一個美夢嗎？』

瓦利帶著最燦爛的笑容回答：

「…………是啊，是個最棒的美夢。」

阿日．達哈卡的態度一變，露出最認真的表情，對瓦利表示敬意。

『白龍皇瓦利，能夠破解吾之術法，吾深感佩服。方才試圖以卑劣的術法陷害汝，吾在此表示歉意。吾承認，汝正是吾最強的勁敵！』

瓦利察覺到，他的戰意之中完全沒有任何一絲輕佻的感覺了。

強烈的幻術世界能夠如何剝奪、魅惑戰士的心智，阿日．達哈卡自然很清楚。因此，牠知道，能夠從那個世界回來的，是真正的勇者。

「我也是，阿日．達哈卡啊。能夠和你一戰，我由衷感到光榮！我要打倒你，打倒你們所有人，一定要保護那一家人到底！」

如此大叫的瓦利有種如釋重負的感覺，內心十分清明，完全沒有任何一絲陰霾。

——我要保護他們。

如此的誓言，令瓦利身心激奮。同時，他更感受到自己的內部產生了某種劇烈的變化。

阿爾比恩說：

『瓦利啊。在幻影的世界裡，我看見了你的覺悟——既然如此，也讓我再次拾回那個曾經捨棄的名字吧。』

就在阿爾比恩接納了自己的那一刻——

全身上下的寶玉，開始散發出前所未見的，柔和而強大的光輝。光是沐浴在那陣光芒之中，就讓瓦利回想起在幻影世界的生活中感受到的溫暖——

這時，神器深處有個聲音對他說話。

『——利，瓦利，吾的聲音，傳到了嗎？』

是奧菲斯的聲音。奧菲斯現在應該在冥界的吉蒙里領休息才對。儘管如此，卻能夠聽見她的聲音。大概是她在睡眠之中將意識傳了過來吧。

奧菲斯對瓦利訴說：

『一誠與吾一同謳歌了。所以，接下來，輪到瓦利——與吾一同謳歌吧。』

——謳歌……是吧。和妳一起謳歌，想必是非常美好的事情吧。

『和一誠用了吾之力量的時候，不一樣。瓦利認同了瓦利，阿爾比恩接受了阿爾比恩，所以才辦得到。吾只是協助。』

龍神願意伸出援手。真是讓人心裡踏實了不少。

『——瓦利，謝謝你，陪吾說話。』

過去，奧菲斯被拱為「禍之團（Khaos Brigade）」的首領……然而，儘管將奧菲斯拱了上去，夏爾巴·別西卜和曹操給了她的，都只有孤獨——

只要她不嫌棄我，任何時候我都可以陪她聊天——

這點，今後也不會改變。

啊啊，對了。或許這就是「朋友」吧。

『我也一起謳歌吧，瓦利、奧菲斯啊。』

阿爾比恩也如此表示。

那麼，這就是與朋友和搭檔一起謳歌的龍神、天龍，以及路西法的三重唱——

「寄宿於吾之無垢白龍啊，甚而降伏霸之理吧——」

超越了霸的白銀鎧甲上——逐漸多出漆黑的樣貌。

『無所寄宿之白銀明星啊，登上黎明之王位吧——』

呼應了阿爾比恩的歌聲，背上的光翼——變黑了。不僅如此，還接連長出新的翅膀。

「——濡羽色之無限之神啊。」

瓦利的咒文之後，接的是奧菲斯的咒文。

『——玄玄然之惡魔之父啊。』

瓦利背上，已經長出了六對漆黑的翅膀。鎧甲的各個邊緣都變成了銳角，轉變為有機物般的輪廓。

瓦利與阿爾比恩的聲音重疊在一起。

「『——接納吾等超克窮極之誡吧。』」

所有的寶玉都顯示出代表路西法的魔法陣紋章，發出劇烈的光芒！

最後的一節，是瓦利、阿爾比恩、奧菲斯的三重唱。

「『『——汝，玲瓏然於吾等之燿中跪地拜倒吧！』』」

『『『LLLLLLLLLLLLLLLLLLLLLLLLLLLLLLLLLLLLLLucifer!!!!!!!!!!!!』』』

寶玉像是發生了故障般發出嘈雜的語音。

然後，一個新的語音轟然響起！

『『『Dragon Lucifer Drive!!!!!!!!!!』』』

呼應這個語音，整副鎧甲發出極大的光芒及氣焰，然後迸開！

……氣焰平息之後，出現在那裡的，是背上長出六對路西法之翼的新白龍皇。鎧甲以銀白色羽黑色為基調，變得有如有機物一般的外型有部分讓人聯想到霸龍，流麗線條卻足以引人入勝。

夾雜著銀白與黑色的濃密氣焰，以及白龍皇與路西法的波動在全身上下奔流的瓦利說：

「身為白龍皇阿爾比恩．格威柏的力量，以及身為魔王路西法的力量，將我所擁有的一切顯現出來的就是這個型態……阿日．達哈卡，」

這個變化令阿日．達哈卡欣喜若狂！

『赤龍帝有了龍神化之後，白龍皇就有了魔王化是吧！』

沒錯，兵藤一誠的變化是龍神化的話，那麼自己的變化就是魔王化了。

因為剛才的咒文當中，灌注了他要以擁有白龍皇之力的魔王路西法之姿顯現自己的誓言。更重要的是，發動那段咒文時，不久之前在瓦利內心還沒有的「想要保護某人」的強烈決心也發揮了作用。

對於瓦利的變化，阿日・達哈卡佩服不已。

『……太厲害了，真是太厲害了。看來李澤維姆那個笨蛋頂多只是魔王路西法的贗品罷了。你才是真正的路西法吧。吶，對吧？繼承了「真魔王」之名者，瓦利・路西法！』

「——是啊，現在的我似乎可以真心說出口。可以放聲宣告。」

瓦利拍動六對漆黑的翅膀，發出銀白色的光輝，同時大喊：

「——吾乃路西法。繼承了魔王之血的瓦利・路西法！」

聽見他這麼說，阿日・達哈卡的三顆頭放聲大吼。然後，傳奇邪龍以興奮到最高潮的狀態展開了翅膀。

『我就知道！即使同為路西法，你也比李澤兄還要討我喜歡多了，瓦利・路西法啊——啊啊啊啊啊啊啊啊啊啊——！』

「——真巧啊，我也覺得和你打起來比和李澤維姆打痛快多了！」

雙方同時飛到天上！

完成了魔王化的瓦利，光是拍動六對路西法之翼，就瞬間融化了周遭的積雪，使岩層露了出來。

飛到天上的路西法與阿日．達哈卡在空中交錯，彼此激烈碰撞。

瓦利快而狠地伸出手，發出魔力。阿日．達哈卡瞬間發動空間轉移魔法，躲過攻擊——然而，在躲開的阿日．達哈卡身後的山頭整個消失了。在這個狀態之下，瓦利純粹只是朝對手發出魔力，就能夠造成大規模的破壞，足見釋放的力量有多麼超乎常軌。

靠著轉移拉開了距離的阿日．達哈卡，看見瓦利隨便一出手就能夠消滅一座山頭，先是為之驚愕，隨即又欣喜不已。

『太誇張了吧！隨手一揮就這樣喔！』

『好可怕啊！』

『作弊性能！』

瓦利將力量灌注到路西法之翼的前端，並且集中意志。

『『『LLLLLLLLLLLLLLLLLLLLLLLLLLLLLLLLLLLLLLLLLLLLLLLLLLLLLLLLLLLL——』』』

有如故障般的語音再次從鎧甲上的各個寶玉傳出。

接著，六對翅膀在中間的地方斷開，從瓦利背上飛射而出。六對翅膀分一出來的半截當場變形，變換型態。

——變得和兵藤一誠的白龍皇的妖精們（dividing wyvern fairy）一模一樣。

那招是赤龍帝從自己的寶玉射出白龍皇之力，加以具現化而成，而瓦利也同樣從路西法之翼發射這股力量，將其顯現在外。

在變成這種新型態的鎧甲時，瓦利便察覺到這項功能。恐怕是自己不自覺地意識著兵藤一誠的結果吧。

看來，自己無論在何時何地，都對他抱持著強烈的對抗意識啊。瓦利在鎧甲裡面自嘲地笑了。

長得像迷你尺寸的龍的東西——十二隻飛龍，開始在瓦利身邊盤旋。

「去吧！」

在瓦利的指示之下，飛龍遵照主人的意志，飛向阿日．達哈卡。

一隻飛龍打開身體的一部分，露出砲口——從砲口發出極大的路西法氣焰！

阿日．達哈卡的三顆頭各自從雙眸發出異樣的光輝，展開小型的魔法陣，停住飛龍發出的氣焰。

牠竟然使用了類似加斯帕．弗拉迪的能力。不，不對。雖然只是推測，不過牠發動的恐怕是重現了那種能力的根源，魔神巴羅爾的邪眼的魔法吧。能夠使用各種屬性魔法，甚至連空間與時間魔法都能夠運用的邪龍，瓦利也只能讚賞其力量了。

但是，瓦利仍然一次又一次以飛龍發出路西法的氣焰。

阿日．達哈卡在空中輕盈地躲過那些攻擊，但其中一道被閃過的氣焰飛向牠背後的飛龍，隨著『Reflect!!』的語音被反射了回來！

就連這樣的攻擊，邪龍也在背後展開防禦魔法陣，擋了下來。接著，牠在空中大幅翻轉身體，同時在天上展開各種魔法陣。山岳地帶的天空再次被魔法陣占滿了。

『這招怎樣！』

阿日．達哈卡發出重現了各種屬性、現象的魔法，數量不下數千，甚至直逼五位數，以特大規模的全方位轟炸展開掃射。

瓦利讓飛龍在自己身前列隊，準備以此迎擊，然而——

『還——沒完呢——！』

阿日．達哈卡在施展了全方位轟炸之後，施展了空間轉移，暫時消失。

當邪龍再次出現時，牠以幻術在這片空域變出自己的分身，數量有十個、二十個，甚至直逼一百個！而且那些分身也和本尊一樣展開了無數的魔法陣，發出不計其數的屬性魔法。魔法之中也包含了禁術在內。

一開始發出的全方位轟炸，還有幻術分身發出來的眾多魔法，全部都具備著攻擊性的氣息。那些是幻術？不，阿日．達哈卡可是龍族之中首屈一指的術士，既然如此——這些全是真正的魔法也不足為奇！

如此判斷之後，瓦利將自己的力量提升再提升，然後一口氣從全身釋放出爆增之後的力量！

『『『LLLLLLLLLLLLLLLLLLLLLLLLLLLLLLLLLLLLL——』』』

『Satan Compression Divider!!!!!!!!!!!!!!!』

瓦利．路西法釋出的，是絕然的魔性之燿。夾雜著白銀與漆黑的光燿，將阿日．達哈卡的本尊與分身所發出的無數魔法——全都在一瞬之間加以反覆壓縮，最後消除了。就連阿日．達哈卡的分身也全都被吹散，只剩下本尊留在空中。

『——！』

『——啥！』

『犯、犯規啊——！』

面對這樣的結果，即使強如阿日．達哈卡也不禁打從心底感到震驚。邪龍想必相當有信心吧。憑牠所灌注的魔法力，即使無法打倒對手，也足以造成致命性的打擊才對。而且牠還製造出眾多分身，更以分身發出魔法，所以認為必定可以收到成效。

——而那些全都被絕對性的魔力消除了。

這個……並非特性或是招式等等，那些偏向技巧的能力。瓦利——繼承魔王路西法之名者，只是發出其光燿罷了。

瓦利的攻擊並未就此結束，他在右手上灌注魔力，瞄準了阿日・達哈卡。阿日・達哈卡也感覺到瓦利手上的危險性非同小可，準備離開現場——但是飛在附近的飛龍發出白龍皇的特性。

『Half Dimension!!』

小巧的飛龍使用了將周圍的事物全數減半的力量。

『嘖——！連小隻的也可以用那招喔！』

阿日・達哈卡怎樣也沒想到，飛龍就連算是必殺技的招式都能夠重現，瞬間被減半領域絆住腳，遭受了瓦利發出的魔力攻擊。

但儘管如此，阿日・達哈卡還是以空間轉移魔法避免直接中招，成功逃離現場。

瓦利發出的魔力攻擊失去目標，落在後方的高山上。

隨著一個清脆的轟然巨響，那座五千公尺級的高山，瞬間整座消失了——

瓦利看向拉開距離的阿日・達哈卡。

——阿日・達哈卡的三顆頭之一，左邊的那顆頭被轟掉了。同樣的，左邊的翅膀也消失了。

看來，牠沒有完全躲過剛才的攻擊。

飛在天上的瓦利，昂然展開六對路西法之翼，持續發出白銀與漆黑的光燿。看著他的模樣，阿日．達哈卡忽然冒出一句話。

『——啟明之星。』

那是形容路西法的詞彙。阿日．達哈卡看見現在的瓦利，清楚地說出這個詞彙。

瓦利的力量，甚至已經超越了魔王級。現在的阿日．達哈卡堪稱天龍級，而瓦利發揮的力量足以將這樣的牠逼到走投無路，或許已經超越第一代路西法了吧。

不，面對這樣的瓦利還能夠戰鬥的阿日．達哈卡更是怪物。也難怪區區的李澤維姆無法真正使喚這隻龍。

瓦利和阿日．達哈卡雙方多少都在享受著這場戰鬥，同時也對彼此懷著敬畏之心。

明明互相敵對，雙方卻興高采烈地衡量著對方的實力。

——這時，現場飛來了不適切的東西。量產型邪龍以及冒牌赤龍帝，介入了兩者之間。

或許是因為感覺到這裡的騷動才飛過來的吧。

看見這一幕——阿日．達哈卡難得暴怒。

『不准來妨礙我打架————————！』

吼叫之後，牠便展開魔法陣，以各種魔法殺盡那些照理來說是牠的部下的邪龍與冒牌赤龍帝。

『…………真是夠了，沒有一個傢伙真正知道打架的本質。格倫戴爾那個時候也是來妨礙我的！』

沒錯，第一次和阿日・達哈卡戰鬥的時候，也是因為有格倫戴爾介入才會不了了之。阿日・達哈卡當時的表情令瓦利相當難忘。那時牠完全忘了瓦利，對格倫戴爾大發雷霆。

瓦利這次也不禁贊同。他對飛向這邊的量產型邪龍和冒牌赤龍帝射出飛龍。

飛龍一接近量產型邪龍和冒牌赤龍帝，便散發出危險的氣焰。

『Venom!!』

駭人聽聞的語音響起。飛龍身邊浮現了濃密到肉眼可見的強烈詛咒。

接著——量產型邪龍便在空中痛苦掙扎，最後更吐出大量的血塊，從空中摔落。

看見這個結果，阿日・達哈卡似乎覺得相當有意思。

『周圍的邪龍們開始掙扎了？……喔喔，這是……！』

瓦利說：

「就是你想見識的阿爾比恩……格威柏的力量，毒——『減少』。」

阿爾比恩的特性——將任何目標「減半」，將加以「減半」的力量「吸收」作為自己的力量，「反射」對手的能力。然後，牠還擁有這個「減少」的特性。

阿爾比恩……不，阿爾比恩．格威柏說：

『我的毒氣，能夠將無機物以外的存在的任何部分逐漸削減。如果是生物的話，血、骨、肉、內臟、靈魂都會慢慢遭到削減，即使是超自然的存在，也能夠一點一點確實地「減少」構成其身的一切。』

量產型邪龍因為接觸到飛龍發出的毒氣，導致體內的各個部分逐漸減少，最後成了致命傷，從空中摔落。

這就是，在遠古時代連神祉都感到害怕的阿爾比恩之毒——

阿爾比恩說：

『唯一不受這種毒氣影響的存在——就是「紅龍（welsh dragon）」赤龍帝厄．德萊格．戈赫。』

堪稱無敵的毒，帶給牠孤獨。畢竟，任何存在都無法接近牠，更不願意理會牠。不，即使不用毒，阿爾比恩原本也就是壓倒性的強者，一般的戰士根本對付不了牠。

然而，遇見德萊格，改變了阿爾比恩的價值觀與認知。

——既然有這麼強的龍的話，我想和牠一起變強。想成為足以和這隻龍並稱的，勇敢的龍。

阿爾比恩得到的結論，是成為一隻不需要依賴毒氣，真正強大的龍。

對於偉大之紅和仍是無限的奧菲斯，這種毒氣大概也不管用吧。但是，牠可以斷定，如

果是除此之外的存在，即使對手是神祉牠也能用這招來對付。牠有這種確切的自信。

儘管如此，阿爾比恩——還是想要除了毒以外的招式。於是，牠得到了「減半」，得到了「反射」。以結果而言，即使不靠「減少」之毒，阿爾比恩仍然成功開發、發展出各種能力。

若是沒有遇見德萊格，阿爾比恩可能會是唯一擅長的只有「減少」之毒的一隻龍吧。正因為有不受毒氣影響的德萊格，阿爾比恩才會提升自己，進而昇華，進入更高的領域。這點對德萊格而言也一樣。正因為有競爭對手的存在，才能夠毫無止境地追求力量。

然後，牠們兩隻，才得以成為並稱二天龍的存在——

『你不對我用嗎？』

阿日・達哈卡問了阿爾比恩。

『我說過了。我已經捨棄了那種力量。一直以來，我和德萊格是以自己的尖牙、利爪、霸氣、氣焰、純粹的力量互相切磋，提升了彼此！既然和德萊格一樣得到了天龍的稱號，就再也不需要毒的力量了！』

瓦利輕輕笑了一下。

「說的沒錯。我們有一直以來倚靠的力量就夠了。還是，阿日・達哈卡啊，你對我們現在的力量有什麼不服嗎？」

面對瓦利無所畏懼的質問，阿日・達哈卡——笑了。

再繼續說下去也只是掃興。雙方為了繼續戰鬥，飛向空中！

阿日・達哈卡的魔法在這一帶鋪天蓋地，瓦利發出的路西法之燿所產生的氣焰深深挖開了山脈。這一帶的山地景觀，因為路西法與龍的決鬥而被破壞殆盡了。

瓦利以路西法之力壓倒對手，但儘管如此，阿日達哈卡的魔法仍是強力無比，延燒到瓦利的鎧甲上的禁術火焰甚至足以炸開鎧甲的一部分。

——然而，瓦利也沒有白白受創。他發出路西法的魔力，摘下阿日・達哈卡右邊的頭部。

瓦利毫不停歇地拉近距離，以灌注了魔力的拳頭展開連續攻擊。他對準邪龍的腹部打出一陣亂拳。阿日・達哈卡從嘴裡咳出大量的鮮血，但戰意卻一點都沒有變弱，甚至還以踢腿反擊瓦利，將他踹飛。

對於一再受傷的阿日・達哈卡——

『Half Dimension!!』

瓦利展開了減半的領域。或許是因為戰力總算開始耗弱了吧，阿日・達哈卡在強大的力場影響之下，當場單膝跪地……但還是展開了魔法，彈開瓦利的攻擊！

瓦利也使喚著飛龍，利用牠們發出特大號的路西法氣焰。儘管無法全數接下，阿日・達哈卡仍然以防禦魔法陣擋下攻擊，並且以屬性魔法反擊。

即使全身上下噴出鮮血，阿日．達哈卡還是沒有停下來。牠總算連恢復術式都用上了，讓頭部長了回來，也消除了其他的傷勢。

恢復術式……能夠使用的人有限，屬於最上級的魔法。尤其是足以令失去的肢體重生的魔法，除非是用了異常強大的魔法力，或是使用禁術，否則再怎麼樣都辦不到。

也就是說，阿日．達哈卡將兩者都用上了。既然如此，風險也很大。足以令失去的肢體重生的力量，照理來說必須有所犧牲。也許是壽命，亦或是——不過，壽命對於以生命力頑強而著稱的邪龍而言或許沒有意義吧。

瓦利接受了阿日．達哈卡的療傷舉動，繼續展開戰鬥。

得到路西法之力的瓦利知道自己正在逐漸耗盡耐力，卻一點也不畏縮，毫不保留地以魔王之力攻向阿日．達哈卡。

阿日．達哈卡為了抵擋他強烈的攻擊，也為了主動出擊，同樣急速消耗著魔法力。原本以為用之不竭的魔法力，在新世代的魔王路西法的力量之下，逐漸遭到削減——

終於，阿日．達哈卡的魔法力已經不足以令自己重生了——

一次又一次被轟掉的左右頭部，這下已經無法復原。雙翼也都斷了。牠單膝跪地，就連呼吸看起來都很吃力。

……瓦利同樣大口喘著氣。鎧甲有部分無法修復，他也沒有餘力了。敵人就是如此強大。

『我還能打！』

阿日．達哈卡高速從原地起飛，採取以僅剩的頭部啃咬瓦利的方式進攻。沒辦法用魔法的話，就靠肉身直接上！如此執著的戰鬥意識令瓦利也為之驚嘆。

瓦利原本打算閃躲，但是在這個型態之下消耗掉太多耐力了，腳步瞬間不穩，因而迴避失敗。阿日．達哈卡將瓦利整個人咬進嘴裡。尖銳的牙齒咬碎了瓦利的鎧甲，直逼肉身。

死亡的可能性在瓦利的腦海中閃現。對方抱持著不惜兩敗俱傷的覺悟發動自殺式攻擊。

忽然——媽媽、弟弟、妹妹的臉孔，浮現在瓦利的腦中。

——我不能輸。我絕對不可以輸！

——因為，我發過誓要保護他們！

於是——瓦利提升力量，認定現在是該賭一把的時候！

他拍動漆黑的路西法之翼。胸部和腹部的鎧甲發出金屬聲依序滑動。出現在底下的——是某種發射口。

隨著「嗡——……」的平靜鳴動聲，氣焰逐漸聚集過去。

瓦利緊緊抓住阿日．達哈卡，不讓牠逃走。儘管利牙已經刺進肉體，劇痛傳遍了全身……他還是不斷將氣焰聚集到發射口處。

然後，在匯聚了莫大的魔力之後，瓦利對咬住自己的傳奇邪龍說了。

「——這樣就結束了。」

『『『LLLLLLLLLLLLLLLLLLLLLLLLLLLLLLLLLLLLLLLLLucifer!!!!!!!!!!!!!!!!!!』』』

嘈雜的語音大響！

『『『Satan Lucifer Smasher!!!!!!!!!!!!!!!!!!』』』

夾雜著白銀及漆黑、絕強而極大的氣焰砲，從腹部的發射口持續噴發——

在瓦利發出了致命的一擊之後，只見現場的山岳及大地被深深挖出一道裂痕，直達遙遠的前方。剛才的氣焰砲在地表上留下的痕跡長達幾公里——不，可能還達到更遠的地方吧。氣焰經過的地方還留有漆黑的路西法魔力，附近暫時完全長不出任何草木了。

儘管如此，阿日．達哈卡還活著。不，牠已經瀕臨死亡了。

剩下的部分，只有一顆頭。

瓦利來到只剩下頭的阿日．達哈卡身邊。

即使死亡將至，傳奇邪龍依然笑得張狂。

『……我覺得，咱們打的這一架十分令我滿意喔！……這沒什麼，我可是邪龍。頑強至極的一種龍……』

阿日．達哈卡的頭——一點一點崩散。

『……我很快就會再次復活了……等我個兩三千年左右吧……為了和你打架，我一定會再次復活……』

崩散沒有停止，邪龍逐漸失去了原形，最後……

『……總有一天，我們要……再打一架。路西法——』

只留下這句話，傳奇邪龍「魔源禁龍」——阿日．達哈卡的身體消失殆盡了……不過，儘管如此，這隻邪龍的靈魂恐怕還是有一小塊碎片遺留在這個世界的某個角落吧。

總有一天，為了再次和勁敵戰鬥，為了成為惡鬼，為了成為邪龍——

真是個強敵。令人害怕的邪龍。

對勝利有這麼深的感慨，對瓦利本身而言是頭一遭。畢竟，在戰鬥中，即使已經魔王化了，他還是覺得可能會敗北。

「……好，我由衷期待。我的勁敵，阿日．達哈卡。」

死鬥總算告終。

—○●○—

瓦利回到不久前和同伴們一起戰鬥的戰場上。

他從空中仔細觀察戰場。領域當中到處冒出巨大的黑刃，而且各種東西都還維持著結凍的狀態。666也維持著停止的狀態，同伴們也依然對付著量產型邪龍和冒牌赤龍帝……但是，他覺得好像有某個現象不再發生了。

沒錯，減少到一定數量之後就會補充的邪龍和冒牌赤龍帝，感覺似乎不再變多了。不，這不是錯覺。敵人的數量一隻又一隻地確實減少著。

「……邪龍和赤龍帝的冒牌貨……不再增加了嗎？」

瓦利如此輕聲自言自語時，背後傳來一個聲音。

「是啊，我剛才接獲報告——加斯帕和瓦雷莉成功了。這樣一來，襲擊各領域的邪龍們也會就此打住了吧。」

他轉過頭去——發現不知何時，阿撒塞勒也前來助陣了。

「阿撒塞勒……」

忽然，瓦利回想起剛才阿日·達哈卡讓他看到的幻術。

……父親……是吧。

瓦利搖了搖頭……不，現在想那些也無濟於事。

阿撒塞勒本人則是為了瓦利的新型態而驚喜不已。

「那就是你所選擇的樣貌啊。太漂亮了。看起來比李澤維姆還要有路西法的風範啊。」

——！

……這是為什麼呢？聽阿撒塞勒說他「有路西法的風範」，讓他在感到難為情的同時，又不禁有點開心的感覺。

瓦利撇過頭去，同時說：

「阿日．達哈卡也說過同樣的話。」

聽見這句話，阿撒塞勒捧腹大笑。

「哈哈哈，看來李澤維姆相當惹人厭呢。也是，怎麼可能會有人喜歡他呢。」

——這時，美猴駕著觔斗雲飛到這邊來了。

「喂——瓦利、前總督！等等，你又變強了喔！」

看見隊長的變化，美猴嚇到眼珠都快蹦出來了，隨即又露出帶著信賴之意的笑容。

仔細一看，瓦利隊的成員們和刃狗隊都聚集到底下來了。

瓦利和美猴、阿撒塞勒一起降落到下方。兩支隊伍的所有人，都帶著英勇的表情迎接瓦利。

黑歌露出無懼的笑容問道：

「好了好了，接下來能殺多少就殺多少對吧？」

瓦利說：

「是啊，我是打算這麼做，不過那隻666再次開始行動只是間早晚的問題吧？而且我不覺得牠會只是繼續行動那麼簡單。」

沒錯，他強烈感覺到不祥的預感。照理來說666應該已經停止了，瓦利卻在牠身上感覺到強烈的異樣壓力。

阿撒塞勒和其他同伴們似乎也有同樣的感覺，一臉凝重地看著666。

阿撒塞勒對大家說：

「我想，啟示錄之獸大人大概不會好心到願意就此罷休吧。放心吧，事有萬一的時候，我也有我的打算。總之，我們先把周圍的邪龍和冒牌赤龍帝們完全擊潰再說吧。你們大家沒問題吧？」

眾人『喔喔！』地用力大吼，回應墮天使之長的這番話。

在再次開始戰鬥之際，阿撒塞勒的態度令瓦利有些掛心。

——絕對的決心。

他隱約感覺到的，是這樣的心情。在場的人當中，想必只有自己看出這一點吧。

他們共度的時光只有不到十年……不過，對於能夠從阿撒塞勒的表情上看出來的事情，瓦利有某種程度的了解。

因為，在和阿撒塞勒一起生活的過程中，瓦利自然而然就開始觀察起他的表情和態度。他想做的事情是什麼，瓦利沒有一次看得出來。因為，想完全理解天生喜歡惡作劇的天才是不可能的任務。

但是——

當阿撒塞勒打算採取行動的時候，瓦利能夠感覺到他的情緒。

而瓦利剛才感覺到了，阿撒塞勒心中有種「帶有滿足感的覺悟」——

Last.D×D 深紅(內兄)與真紅(妹婿)—共鬥—

我，兵藤一誠，追著降落到一座無人島上的阿佩普，來到那座島上。

我在島的岩礁上，與身穿祭司服的褐膚美男子對峙。外表看起來是人類……不過散發出來的氣焰卻是嚇死人的強大。那是龍族特有的波動。

對於我的登場，阿佩普笑著歡迎。

『我的對手是你啊，赤龍帝。這還真是無上的光榮啊。』

「嗨，阿佩普先生。聽說，你在邪龍之中也是強得不像話是吧？」

『呵呵呵，至少比粗暴的格倫戴爾還要強吧。』

……那還真是好懂啊。意思就是說他強到不行嘍。也罷，那種事情我早就知道了。聽說他是和克隆·庫瓦赫並稱的邪龍嘛。

我不發一語地擺出架勢——然後衝了出去！

先下手為強！我不是要走潔諾薇亞的套路，不過比起隨便蓄勢待發地等待敵人攻擊，不如先從正面互毆一輪再說！最近，跟我對打的傢伙都會用些很難對付的招式，所以我也有點害怕等待了！

我衝了出去，射出好幾發神龍彈。阿佩普就連打算閃躲的徵兆都沒有。眼看著神龍彈就要直接命中他了——就在那個瞬間，阿佩普前方冒出一陣黑暗，魔力在擊中黑暗的同時就消失！

……我記得老師說過，阿佩普會操控黑暗和陰影。老師還給了這麼一個忠告，說他在黑暗之中最能夠發揮實力，所以一旦他開始操控天候就要當心了。

也就是說，他剛才以出現在前方的黑暗吸收或是消除了我的神龍彈吧。

——這時，在我的背後，黑暗從左右兩邊同時冒出，並且伸出混濁的黑色氣焰！

我察覺到危險，在空中翻身閃過……但是黑暗還是碰到了龍之翼的一部分。龍之翼隨即開始溶化！

這種黑暗會消除碰到的目標啊！喔喔，真不想碰到！

後來，我維持一定的距離，從空中連續發射神龍彈，但是阿佩普在前方製造出黑暗，將我的魔力彈全數消滅。

同時，阿佩普也在我身邊產生出黑暗之力，凝聚成塊朝我發射。我不斷閃躲，避免中招……而那種黑暗彈不管碰到任何東西都毫不客氣地溶化掉，每次看見那樣的光景，就有一股寒意竄過我全身。要是直接中招肯定危險到不行。

以黑暗消除攻擊，以黑暗溶解一切——

簡單明瞭的招式。也因此令我難以應付！

這樣當然比格倫戴爾還要強了！那隻狂暴的龍要是毫無防備地中了這招，也會無從抵抗地被溶化，然後就完蛋了吧！

可惡！沒完沒了嘛！拉近距離展開肉搏戰……好像很危險。要是我的拳頭被黑暗吸進去，連手臂一起不見的話，可就不好玩了！

阿佩普對著不知該如何進攻的我笑了。

『真是一物剋一物啊。』

「不好意思喔！反正我就是不會對付技巧型的對手啦！」

我沒好氣地這麼說，但阿佩普的反應正好相反。

『不，我不是那個意思。我要說的是，對我們彼此都是。強烈的直接攻擊也是我最害怕的一種。要是毫無防備地中了招，我應該會受傷吧。所以，我只能用這種特性來防禦，並進行反擊。』

……對於他冷靜的言行，我嚇了一跳。

「……你明明是邪龍，卻很冷靜呢。」

因為以格倫戴爾為首，我遇見的傢伙都很瘋狂嘛。不過也有像克隆・庫瓦赫那種龍族應若是的傢伙就是了。而阿佩普又更是獨樹一格。

『戰鬥也是我最喜歡的事情。不過，你把我和格倫戴爾還有尼德霍格那種粗暴的傢伙相提並論，讓我有點失望。』

話雖如此，這個傢伙也相當瘋狂就是了。操控666找各勢力幹架，這種舉動一點也不正常。然後精神力也非比尋常。在我看來，就思考方式脫離常軌這點來說，我覺得這個傢伙和格倫戴爾確實是同類……瓦利會不會這麼覺得，我就不知道了。

阿佩普問我：

『現任赤龍帝啊──你對異世界沒有興趣嗎？』

……問到異世界來了是吧。也對，我都和那個神交流過了。現在想到那件事我就會頭痛，所以我不太想思考到那邊去就是了……

「我是有點好奇那是個怎樣的世界，不過還沒有感興趣到會想要叫偉大之紅讓開吧。」

老實說，我是有興趣沒錯。未知的領域總是會令男生感到興奮。不過，我還沒有想深入到要叫在次元夾縫裡自在優游的偉大之紅讓開的程度。

畢竟，偉大之紅救過我一命。雖然我不知道牠在想什麼就是了……

阿佩普看了我的反應，輕輕笑了一下。

『這樣啊。不過，這可以說是時間早晚的問題吧。』

說著，阿佩普在胸前交疊雙手。

『不好意思，我的個性比較急躁，我想一決勝負了。』

剎那間，這一帶開始逐漸變暗。我環顧四周，看見疑似結界的東西正在展開，包圍住這座島。

德萊格說：

『……不妙了。該死的傢伙，他打算一口氣分出勝負。』

……這就是阿撒塞勒老師說的，他開始改變天候的危險信號！

為了阻止他得逞，我飛上前去發出神龍彈，但他似乎已經完成了術法，再次以黑暗障壁消除我的魔力彈。

『以這座島的規模來說，要打造我的世界只需要幾秒鐘就足夠了。』

阿佩普的全身——逐漸遭到黑暗所覆蓋。島嶼逐漸遭到暗黑籠罩，覆蓋在阿佩普身上的黑暗也跟著逐漸膨脹、擴張，接著開始改變形狀，塑造出某種巨大的物體。

一個細細的光環浮現在這座島的天空上，就像是日全蝕的時候的太陽一樣。改變了形體的邪龍便以此為背景，在空中優游——

出現在被結界籠罩的無人島的天空上的，是全長超過一百公尺的細長蛇形龍。顏色是一片暗黑，隨處可以看見類似寶玉的東西，發出銀色的光芒。浮現在頭上的眼睛有三顆，全都閃著銀光。

這就是……「原初之晦冥龍」阿佩普的真面貌嗎！牠所散發出來的氣焰……未免也太凶邪了吧！是一種有別於克隆．庫瓦赫的強大氣焰！

感覺到這股波動之後，德萊格說：

『……這個人也鍛鍊自己到抵達了和我們同樣的層次了嗎……！』

——也就是天龍級嘍！

……這下糟了。意思是說他比李澤維姆還要強對吧。既然如此，以這個真「皇后」狀態，無論再怎麼拚命也贏不了牠。既然如此——

……就只能龍神化了嗎……

用了那招，確實是能夠和眼前的怪物一戰才對。可是——這次我可能真的會送命，更可能再也無法摸到那個了……

無論下場是哪個我都不要！要是死了，我就摸不到那個；要是摸不到那個的話，我覺得不如死了還比較好……！

……痛痛痛，這種竄遍全身的痛楚真的很傷腦筋！就算活下來了，這個狀態也有可能持續一輩子……

龍神化真的是能夠變得超強，卻會逐漸剝奪我身為我的特質。這就是所謂的想要有所得，就必須有所犧牲嗎……

一灘黑水淹到我的腳邊來了……看起來不像是海水。那很顯然是性質完全不同的水。黑水的水位逐漸變高，就快要淹沒岩礁地帶了。

這也是阿佩普的特性嗎……這麼說來，老師也說過阿佩普使用看似黑水的東西時要小心。碰到這個的話，大概還是會溶化吧……

好了，該怎麼辦呢……就在苦思不得其解的時候，我發現阿佩普一直沒有要攻擊過來的意思。

「……你為什麼不攻擊過來？」

阿佩普對這麼問的我說：

『我知道你還有更高層次的變化。你不變上去嗎？』

「……你要給我變身的時間嗎？」

『我都成功展開這個領域了，那點時間我願意等。』

……我不禁覺得牠這隻龍很奇怪。明明是這個傢伙自己說想要快點分出勝負所以才製造出這個狀況來的，結果現在又要等我變身嗎……

見我一臉狐疑地看著牠，阿佩普表示疑問。

『我以為這是龍與龍的決鬥呢……你不這麼認為嗎？我確實趕著要解決這件事情，但也不打算草率地解決一對一的戰鬥。』

…………

……喔喔，這樣啊。說到這裡，我終於理解了。這個傢伙，和克隆‧庫瓦赫一樣。無論想法有多麼危險，一直以來採取的行動有多麼危險，唯有身為龍的尊嚴，牠從未捨棄。

然後，我還理解了一件事。

難怪李澤維姆無法完全控制這個傢伙。這個傢伙的信念遠比那個傢伙還要強烈。即使看在旁人眼裡可能很愚蠢，牠卻憑著一股傻勁遵守自己定下的規則，堅守到底。正因為如此，牠才會這麼強。才會強成這樣——

塞拉歐格也是、木場也是、加斯帕也是、匙也是、瓦利也是、史特拉達大人也是、克隆‧庫瓦赫亦然，我遇見的戰士們全都是憑著一股傻勁，遵守自己的尊嚴與規則。

我說：

「……我不能使用龍神化。不過，我會全力拚鬥！」

『這樣啊，那就開始吧。』

我和化身為龍的阿佩普，就此展開熾熱的戰鬥。

『BoostBoostBoostBoostBoostBoostBoostBoostBoostBoostBoost!!!!!!』

我增加神龍彈的數量，射出無數發！——但是，覆蓋在阿佩普體表的黑暗，將我的攻擊

全都吸納進去。

我從手甲上伸出阿斯卡隆的劍刃，將經過提升的龍之氣焰轉讓到上面去。

『Transfer!!』

儘管是在龍與神聖的氣焰高張的狀態下砍中阿佩普，卻被覆蓋著牠的黑暗給彈開，無法造成太大的傷害！

我發現阿斯卡隆的劍刃碰到阿佩普的黑暗也沒有怎樣，便維持著劍刃外露的狀態，變化為剛體衝擊拳版本的厚實手臂！

我以露出劍刃的拳頭揍向阿佩普！

『Solid Impact Booster!!!!』

而且是阿斯卡隆版的剛體衝擊拳加上「穿透」！

『Penetrate!!』

阿斯卡隆的劍刃刺了進去，衝擊也確實打中了阿佩普……但儘管我感覺到攻擊奏效的手感，阿佩普本身卻不把剛才的攻擊放在心上。

——這時，不知不覺間，底下的岩礁已經完全被淹沒了！因為那片暗黑之海還在不斷漲高，都快要將這整座島嶼淹沒了。

再這樣下去，我連降落到下面去都不行。

——這時，底下的黑水產生了變化。黑水不停蕩漾，然後濺了上來！

像是具有自我意識般的黑水對準了我，從下面延伸過來！而且還不只一道！瞄準了我射過來的黑水一道又一道，越變越多！

我在空中不斷閃躲，但阿佩普也同時從嘴裡吐出暗黑氣焰！那道氣焰只是稍微掠過鎧甲而已，那個部分就輕而易舉被溶化了！

無數黑水緊追著我不放，加上阿佩普的攻擊！我也憑著阿斯卡隆揮砍應戰，但最後還是被牠掌握到我的動作，黑水就這麼貫穿了我的四肢！

……好痛——！

這時阿佩普也對我吐出黑暗，所以我設法閃躲——但才剛躲開，黑水便帶著鑽頭般的旋轉，毫不留情地攻向我的腹部！

——！

……肚子中招了！我的飛行力道也同時被抵銷掉，直接往底下摔。

我重重摔在尚未被黑水淹沒的地方，算是不幸中的大幸吧。

——但是，被黑水貫穿了四肢及腹部的疼痛，讓我的動作變得遲緩。

這時，尖銳的黑水像是在補刀似的，貫穿了我全身上下的每個部位！

「嘎啊啊啊啊啊啊啊啊啊啊啊啊！」

疼痛實在過於劇烈，讓我忍不住放聲慘叫。

……我得趕快恢復……否則會死！

我拿出蕾維兒給我的不死鳥的眼淚——但看了一眼就大吃一驚。因為眼淚變成了黑色，顯然已經失去了功效……阿佩普的特性，連眼淚都影響得了嗎……？

在空中優游的阿佩普逐漸朝我游了過來。黑水也不斷逼近。

……可惡……為什麼老是會冒出一堆這麼強的傢伙啊……真「皇后」也是我費盡千辛萬苦才達到的變化，結果在這麼短的時間內，超越了這招的傢伙們就出現在我們身邊。

……這樣……我哪有辦法保護任何人啊……

終於連鮮紅色的鎧甲也解除了。總覺得光是待在這個領域裡面，魔力和體力就會不斷流失。也許，這裡是只有阿佩普能夠棲息的世界吧……

我心有不甘地咬牙切齒。儘管如此，阿佩普的威脅依然不斷逼近——

……忽然，我發現有個東西從破掉的制服裡掉了出來。是我離開病房的時候，老媽給我的護身符。

我伸長顫抖的手，將那個護身符撿了起來。破掉的護身符裡面，裝的是兩張摺起來的照片。

當我攤開第一張照片的時候——

一股強烈的情感，瞬間湧上我的心頭。

映在這張照片上的，是大概兩三歲時的我，穿著繡有家紋的羽織和褲裙等日本的正式禮服，和老爸、老媽，還有奶奶……以及當時還在世的爺爺四位一起拍的合照。

那是已經再也無法實現的景象。

看了寫在照片後面的一句話，我再也壓抑不住湧上心頭的情感了。

——一誠，三歲。七五三。

——謝謝你長到這麼大。

……老媽將這張照片像寶貝一樣帶在身邊……

……我攤開第二張照片，映照的是住在兵藤家的大家。

這是新年的時候大家一起拍的紀念照。有我、我的雙親、住在我家的神祕學研究社成員、黑歌、勒菲，連奧菲斯都在。

這張照片背後是這麼寫的。

——多了好多家人。

——每天都非常開心。

…………

……我流下斗大的淚珠，做好了心理準備。我忍耐著疼痛，原地站了起來。

……對啊，我們多了很多家人呢，老媽、老爸。

我也覺得……每天都非常開心。

——我有想要保護的人。

莉雅絲、愛西亞、朱乃學姊、小貓、蕾維兒、木場、潔諾薇亞、伊莉娜、加斯帕、羅絲薇瑟、勒菲、黑歌、奧菲斯、阿撒塞勒老師……學校的大家，以及更多更多，還有許多我想要保護的人。

而且，老爸、老媽、鄉下的奶奶——

還有在冥界支持我的小朋友們——

為了保護他們所有人，我——我必須抱著必死的決心戰鬥才行！

我——平靜地謳歌出禁忌的咒文。

「——寄宿於吾之紅蓮赤龍啊，自霸覺醒吧。」

右邊手甲的寶玉，發出了耀眼的鮮紅色的光芒。

『——吾所寄宿之鮮紅天龍啊，成王而啼吧。』

奧菲斯的聲音從寶玉當中傳出。我又要使用妳的力量了——

請妳再次和我一起戰鬥吧，奧菲斯！我的朋友啊！

左邊手甲的寶玉，釋放出漆黑的氣焰。漆黑的氣焰非常、非常濃烈，堪稱濃厚。

「——濡羽色之無限之神啊。」

極大的鮮紅色氣焰，籠罩住我的全身。

『——赫赫然之夢幻之神啊。』

體現了無限的緋色氣焰，更從其上覆蓋住我——

「『——見證吾等超越際涯之禁吧。』」

鮮紅色的鎧甲多了漆黑的樣貌，具象化出龍神之力。

然後，我們謳歌出咒文的最後一節——

「『——汝，燦爛然於吾等之燚中紊亂舞動吧。』」

「『『D∞D!!D∞DD∞D!!D∞DD∞DD∞D!!!!D∞DD∞DD∞DD∞DD∞DD∞DD∞DD∞DD∞D!!!!!!D∞DD∞DD∞DD∞DD∞DD∞DD∞DD∞DD∞DD∞DD∞DD∞DD∞D!!!!!!!!!』』」

寶玉傳出嘈雜的『D∞D!!』語音，所有的寶玉都浮現出∞的記號！

「『『Dragon ∞ Drive!!!!!!』』」

結束了咒文的謳歌時，鮮紅與漆黑的鎧甲已經覆蓋在我的身上。

「——這就是，我的最後一次龍神化。」

我仰望阿佩普。

『……太美妙了。現在的波動之強，和剛才的根本沒得比。』

阿佩普似乎相當開心。

「沒錯，變成這個狀態之後，你也該完蛋了——覺悟吧。」

『說得好！來吧，咱們來場龍與龍的戰鬥！』

在這番對話之後，我飛了出去，從前方朝阿佩普的巨大臉部揍了過去！

「『『D∞DD∞DD∞DD∞DD∞DD∞DD∞DD∞DD∞DD∞DD∞DD∞D

D∞D!!!!!!!!』』」

帶有無限力量的拳頭——直接命中了阿佩普，讓牠大幅後仰。阿佩普無法令我的拳頭失效！

『質量大到我的黑暗也無法抵銷！太可怕了！』

阿佩普絲毫不受影響，從口中吐出黑暗！

我試圖以無限版的神龍彈抵銷那記攻擊——但阿佩普的黑暗將我的神龍彈推了回來，並且攻到我身上！

——無限的鎧甲有一部分被溶化了！

竟有此事！這個狀態就連李澤維姆也能夠輕易屠殺掉，阿佩普的攻擊卻還是起得了作用嗎！

『我告訴過你，牠已經是天龍級了。』

這樣啊，德萊格！意思是不能掉以輕心嘍！

我和阿佩普在籠罩著無人島的黑色結界裡面，不斷正面互毆。我以拳打腳踢招呼牠，阿佩普便操控長鞭般的黑水抽打我。衝擊透進鎧甲裡面，讓我的肉身也不斷累積傷害。

兩對龍翼也被黑水貫穿了好幾次、好幾次因而消失，但我都在緊要關頭加以修復，小心避免掉進底下高漲的水裡。

這是一場雙方全面發揮自己特色的戰鬥！

我以肉搏戰和神龍彈應戰，阿佩普則是使用黑暗吐息以及障壁、黑水。

難怪鮮紅色的鎧甲打不贏。這個傢伙……真的很強！就連面對無限的鎧甲牠都可以纏鬥到這種地步！不過，我的攻擊也奏效了！我確實對牠造成了傷害！

終於，我拉開了距離，從背上的兩對翅膀展開砲管！雙肩的兩門、兩邊腋下的兩門，分別延伸而出！

隨著「嗡————……」的平靜鳴動聲，無限之力逐漸聚集到砲口！

『有意思！一決勝負吧，赤龍帝啊！』

阿佩普從嘴裡吐出一團大上了一圈的黑暗！要是直接中了那個，即使是現在的我也會受重傷吧！

語音從各個寶玉大聲響起。

「『『D∞DD∞DD∞DD∞DD∞DD∞DD∞DD∞DD∞DD∞DD∞DD∞D!!!!!!!!』』」

鎧甲上的所有寶玉浮現「∞」的記號，閃爍著紅與黑。

「去吧啊啊啊啊啊啊啊啊啊啊啊啊啊啊啊啊啊啊啊啊啊啊啊啊啊啊！」

「『『∞ Blaster!!!!!!』』」

大到不可理喻的龐大氣焰從四門砲口射出。紅色與黑色的氣焰交錯，朝阿佩普直奔而去！

——！

眼前的光景令我驚訝不已！

——阿佩普又從嘴裡吐出巨大的黑暗團塊，而且一連三次！

總共是連續吐了四次嗎！四個巨大的黑暗團塊和我發射的無限爆擊砲撞在一起！

……無法完全抵消！真的假的啊！阿佩普也強到太誇張了吧！

不，既然如此，我也沒有退路了！只能用那招了！

我將意識分到腹部去。胸部與腹部的鎧甲產生了變化，隨著金屬聲逐漸滑動，在腹部製造出一個砲口。

——既然四門的砲擊也不夠，就只有這招了！

我將無限之力也凝聚到腹部的發射口去。然後——

「這樣就結束了，阿佩普！」

「『『Longinus Smasher!!!!!!!!!!』』」

不僅四門的爆擊砲，我就連禁忌的一砲——神滅碎擊砲也發射了出去。

紅色的極大氣焰，和先發射出去的無限爆擊砲摻雜在一起，總算破壞了阿佩普的黑暗團塊，然後順勢吞噬了邪龍本身——

發出合體技之後的我疲憊不堪，降落到下方，大口喘著氣，跪倒在地。

黑色的領域尚未敞開，天空尚未放晴，但黑水已經消退，島也變回原本的模樣了。

一條巨大的黑龍躺在我的眼前。全身上下到處都在潰散，已經呈現出難逃毀滅命運的狀態了。

阿佩普開心地瞇起銀色的眼睛說：

『……打得漂亮，赤龍帝……不，兵藤一誠。我……能夠和你這樣的英雄一戰，已經感到心滿意足了……啊啊，對邪龍而言，這就是得償所望吧。』

我對一臉幸福的阿佩普提出疑問。

「你明明是有本事正面對打的龍，為什麼要做到這種地步……？」

『我和阿日．達哈卡是邪龍。盡邪惡之能事，最後和英雄正面對打，並且被打倒，我們的存在才算是完整……所以，這樣就對了……像李澤維姆那種毫無尊嚴可言的戰鬥才是最為低下的一種……』

……沒錯，你確實是一對一和我正面對打。讓我見識到龍族的尊嚴，還有真正的邪龍是什麼。正因為如此，我才能將你視為必須打倒的敵人，與你一戰。

阿佩普在逐漸消失之際，最後留下了這句話。

『……兵藤一誠，改日再和我大戰一場吧……』

阿佩普的身體完全化為塵土，隨風而逝——

遙想那隻邪龍固然是不錯，但最讓我在意的，還是這個黑色的領域遲遲沒有解除……

就在這個時候，德萊格說出令我不安的一句話。

『……原來如此，又有一隻要到這裡來了。』

——！

你、你說什麼……？我還來不及反問，眼前的空間已經開始啪吱作響，扭曲了起來。

從空間的扭曲當中現身的——是發著白光、狀似人類的某種存在。發光的……人類？不可能吧……畢竟，那個傢伙散發出來的氣焰和氛圍，是那麼的不祥……！

那個東西頭上長了十根角。最大的特色大概就是這個了吧……不對，我記得這股氣焰。

「那是——」

正當我想問德萊格的時候，我的搭檔先說了。

『……是666的意識，應該說是具體成形的意識集合體吧。不過，沒想到會變成那樣的少年姿態。』

——！

從那股氛圍我隱隱約約有猜到，不過，那果然是666嗎！而且是意識的集合體？喂喂

喂喂！為什麼會出現在我身邊啊！牠不是無法動彈了嗎！

正當我提高警覺的時候，這個領域當中又產生了新的變化。

——一個畫有路西法紋章的轉移魔法陣浮現在我的身旁。

從魔法陣當中現身的紅髮男子——正是瑟傑克斯陛下！

為什麼瑟傑克斯陛下會到這裡來！

「嗨，一誠。」

瑟傑克斯陛下一如往常，輕鬆地向我打招呼。

「瑟傑克斯陛下！您、您怎麼會在這裡……？」

我驚訝地這麼問，而瑟傑克斯陛下摸了摸下巴，帶著笑容回答我。

「這個嘛，簡單說來——是因為我想和你一起戰鬥吧。」

「不、不對吧，我聽不懂啦！」

瑟傑克斯陛下回答了滿心疑問的我。

「因為我把很多雜事都辦完了，就來支援日本這邊的同盟軍。結果才知道，阿佩普和你在黑色的結界裡面戰鬥。想從外面進來這裡，似乎只有力量相當強大的人才辦得到。」

阿佩普的力量確實非常強大。除非具有足夠的實力，否則是進不來這個結界裡面的。

瑟傑克斯陛下一邊卸下披風，一邊說：

「結果如此這般之後，原本應該已經停止的666產生了變化。牠從嘴裡吐出看似核心的東西。然後那個東西突然發光，接著當場消失。正當我們想著那個東西到底消失到哪裡去了的時候……就在這個結界裡面發現了核心的反應。因此，我就一個人進到這裡面來了。」

原、原來是這麼回事啊。羅絲薇瑟她們完成的術法停止了666之後，牠將核心吐了出來。然後核心進行轉移，出現在這裡——

那個核心對我投以明顯的敵意。

「……那個東西為什麼會到這裡來啊？」

我說出心中的疑問。感覺牠想在外面大鬧一場也不是不行，為什麼要特地到我這裡來呢……

瑟傑克斯陛下笑著說：

「一定是因為你太有吸引力了吧……我想，恐怕是因為有奧菲斯和偉大之紅的反應，牠才轉移到這裡來的。」

——！

原、原來如此，是因為我擁有奧菲斯和偉大之紅的力量，666才有所反應嗎……這樣我就懂了。畢竟，我剛才正好同時發出體現了他們兩個的兩種砲擊嘛。那麼強大的氣焰，會

引起牠的興趣也很正常。

瑟傑克斯陛下環顧了一下島嶼。應該說，陛下看起來比較像是在探查結界。

「……嗯，既然連一誠的力量也沒有破壞掉結界，看來666可能從阿佩普的認知之外強化過這裡也說不定。為的是要和你好好見個面。」

不、不要說那種讓人不想聽的話啦！為什麼那些怪物非得喜歡我不可啊！

……話說回來，原來是這樣啊。這裡之所以沒有因為我的力量而崩塌，是因為有666在助陣啊。

瑟傑克斯陛下不經意地說了。

「這麼說來，他們好像成功控制住聖杯了。如此一來，各地的邪龍和冒牌赤龍帝就不會再增加了吧。」

——！

喔喔，真是個好消息！阿加那個傢伙，和瓦雷莉一起關掉聖杯了啊！既然如此，就表示聖杯也順利回到瓦雷莉身邊嘍。

正當我因此而安心時，身旁的瑟傑克斯陛下開始提升氣焰——看來陛下打算和眼前的666戰鬥。

「無論如何，我們都得設法處理眼前的那個傢伙，否則你大概沒辦法離開這裡吧。看你這個狀況，龍神化也是不久之後就會解除了。」

瑟傑克斯陛下笑著說：

「身為你的大舅子，我一直很想和你並肩作戰。該怎麼說呢，算是我最後的任性吧。」

這是什麼意思——

我原本想詢問瑟傑克斯陛下剛才那番話的真正意涵，但魔王陛下開始不斷提升自己的毀滅氣焰。

整座島嶼都震動了起來——瑟傑克斯陛下繼續提升氣焰，毀滅的魔力包裹住陛下的全身！

出現在那裡的，是呈現人形的濃密毀滅氣焰，一種絕對的存在。

這、這就是瑟傑克斯陛下拿出真本事的姿態嗎？力量之強大，光是在附近感覺陛下的氣焰，就覺得腦袋快要失常了……

——這就是超越者。現任魔王路西法！

德萊格也不禁讚嘆出聲。

『…………這就是莉雅絲．吉蒙里的哥哥。異常的惡魔……怪物啊。』

變成了毀滅化身的瑟傑克斯陛下笑著說：

『呵呵呵，我覺得你所達成的變化也相當異常了喔，德萊格？——好了，就讓我們深紅的魔王與真紅的龍帝來阻止那隻野獸吧。』

——！

……再也沒有比這個更令人鬥志高昂的邀請了！

「是！」

我也如此回應，對著眼前的人形光團——666擺出了架勢！

剎那間，三者無聲無息地從現場消失！戰鬥在空中開始了！

666的核心背上長出三對翅膀。有鳥的、龍的、蝙蝠的，各種不同野獸的翅膀

我在空中從正面攻擊，揍飛核心。重重摔在島上的核心立刻起身，朝我飛了過來。我準備將牠踢回去，但是牠忽然從我眼前消失，轉移到我的背後來了。

這時，瑟傑克斯陛下對核心發出毀滅魔力彈，瞬間將牠的全身消滅掉了！

這樣就結束了——我這個念頭才冒出來沒多久，牠竟然從僅剩的一點點肉片開始重生，以極快的速度變回了原來的樣子。

……這樣看來，必須讓牠完全灰飛煙滅才行了嗎……！

我和瑟傑克斯陛下展開了搭檔攻擊，交互發動肉搏戰與毀滅魔力，一次又一次將核心撂倒，但是牠每一次都瞬間重生，變回原樣。

核心也逐漸適應了我們的動作，將我踹飛，就連變成毀滅化身的瑟傑克斯陛下，牠也能

夠以氣焰打飛。

……我和瑟傑克斯陛下是都沒有怎樣沒錯……但是對手也完全沒有受到傷害。

瑟傑克斯陛下發出足以將島嶼消滅掉一大塊的毀滅攻擊，同時對我說：

『啊，對了，你在戰鬥中叫我的時候，就叫「大哥」如何？』

「現、現在不是說那種話的時候吧……！」

該說是遊刃有餘嗎，瑟傑克斯陛下在戰鬥中還開了這種玩笑！

『呵呵呵，好吧，我想也是。』

總覺得，陛下好像相當享受和我一起作戰的樂趣。話雖如此，面對６６６的核心，陛下仍然毫不猶豫地以毀滅氣焰招呼著牠就是了！

無論是多強的對手，中了那麼濃密的毀滅氣焰應該都會確實遭到消滅，但對手也是傳說中的野獸。牠以快得莫名其妙的速度重生，像是什麼事情都沒發生過似地再次展開攻擊！

瑟傑克斯陛下發出的毀滅魔力，大小和足球差不多。但是，每一發都濃密到極為誇張。我想，陛下的一發魔力，可能就有和莉雅絲的「消滅魔星(extinguish star)」相當，或是在那之上的威力吧。

而且陛下還能夠自由自在地操縱魔力彈，玩弄著核心。

不過，我感覺到這個型態也有某些問題。畢竟，大概是因為全身上下始終都散發著毀滅之力吧，瑟傑克斯陛下光是走路就會讓附近的東西自動消失。就連地面的土壤也會被挖開。

所以，這個狀態的瑟傑克斯陛下基本上都漂浮在半空中。

核心開始從正面對瑟傑克斯陛下展開肉搏戰。無論碰到瑟傑克斯陛下之後手消失還是腳消失了，那個傢伙還是毫不在意地繼續毆打陛下。瑟傑克斯陛下本身自乎也有體術的心得，應對得相當得當。

可惡！我很想在找到機會的時候給牠一發大的……但是剛才，我已經對阿佩普發出兩招強烈的攻擊，現在頭暈目眩，全身上下都承受著難以置信的劇痛！

這個「D×D」狀態擁有無限的力量，只要我有心應該就有辦法攻擊……但要是我出招了，這次真的會死掉吧？

我幾乎已經放棄了砲擊，以拳腳功夫協助瑟傑克斯陛下。

——這時，德萊格突然開懷大笑。

「嗯？你怎麼了，德萊格？」

『……阿爾比恩那個傢伙，看來，牠在事隔兩千年之後終於看開了。』

……看開了？這是怎麼一回事啊？

德萊格繼續獨自笑著，然後這麼說：

『哼哼哼……那我也使用被封印的那招好了。』

隨即，德萊格在想的事情反映到我的腦海裡。

…………——！這、這是！

知道德萊格在心裡描繪的招式，我嚇了一跳！

德萊格說：

『沒錯，現在浮現在你的腦海裡的那招，就是我原本的必殺技。是我唯一命名過的攻擊——好搭檔！施展那招吧！讓對手見識一下我紅龍（welsh dragon），赤龍帝厄．德萊格．戈赫的絕技！』

呼應著德萊格的話語，我在腹部——在肚子裡面累積氣焰！要領如同坦尼大叔親自傳授給我的「那招」！

察覺到我的動作，瑟傑克斯陛下拉開了距離。

——就是現在！

我一口氣由嘴裡吐出從肚子裡冒出來的東西！

足以掩蓋這整座島的灼熱火焰，吞噬了666的核心！

那個傢伙也成受不了，全身上下都著了火！

「……好、好厲害，連666都燒得起來！」

德萊格暢談。

『——「燚焱之炎火」，能夠將任何事物燃燒殆盡的終極火焰。一旦中了這招，就無法滅火。即使是神祉，在這種火焰之中也會確實化為灰燼。唯一不管用的對手，就只有阿爾比

恩了……不過，對偉大之紅和全盛期的奧菲斯大概也起不了作用吧。』

的、的確，在核心身上燃燒的火焰，火勢完全沒有趨緩！燒到焦黑又重生的過程似乎一直在核心身上循環，但火焰完全沒有要熄滅的跡象！

居然有如此凶惡的火焰！你就不能更早一點告訴我嗎！

『這可沒辦法。因為一直到剛才那一刻，這招都被聖經之神——被神器封印了起來。之所以在這個緊要關頭遭到解除，大概是第二次神龍化的影響吧。一方面也是阿爾比恩的決心讓我察覺到了。』

是、是這樣啊！這個說來，你說過有能力被聖經之神封印住了，指的就是這招啊……

不過，眼前的核心即使中了德萊格的火焰，也沒有收斂起對我發出的戰意。

喂喂！火焰依然在燃燒，沒有要熄滅的跡象……可是牠好像還是沒怎樣耶！

德萊格說：

『忍耐力很強的傢伙和具有重生能力傢伙，即使燒起來了也會繼續抵抗。在中了那種火焰也沒有瞬間變成焦炭的那一刻，就證明了牠比神級存在還要棘手。』

所以牠就是這麼誇張的怪物啊！

瑟傑克斯陛下也製造出無數的毀滅球體，對著核心發射出去。那個傢伙無計可施，只能連同島嶼的一部份一起遭到消滅。然而……

666的核心只剩下一顆塵埃的大小，就瞬間變回原本的人形模樣，真是太可怕了。

……再這樣下去，我們只會逐漸耗弱……對方的重生依然沒有呈現出衰退的跡象。而我頂多只能再維持這個狀態幾分鐘了吧。

……不、不對，我已經——

在我的意識瞬間模糊的時候，已經來不及了。我的鎧甲已然解除，當場雙膝跪地。

……然後就順勢趴倒在地面，再也爬不起來了。

……我當場咳出從肚子裡面湧上來的一大口血。剎那間，我全身上下感覺到猛烈的痛楚

……！

好、好痛啊啊啊啊啊啊啊啊啊——————啊啊……！

不行了……我的手使不上力……腳也一點都動不了了……

『一誠，振作點。』

瑟傑克斯陛下來到我的身邊……但是我完全沒辦法動。我使盡力氣，好不容易擠出一聲

「對不起……」簡短地道歉……

然而，到了這個節骨眼，包圍著這座島嶼的結界突然開始解除。天空變回原本的顏色，似乎也看得到島以外的地方了。

『……結界解開了啊。不過，再這樣下去……』

看見這個狀況，瑟傑克斯陛下似乎完全下定了某個決心。

『——果然，還是需要那個方案吧。』

說著，瑟傑克斯陛下變出一個看起來和羅絲薇瑟剛才用過的那種很像的魔法陣，對著核心射出。強大的束縛術攻向核心，完全封鎖住牠的動作。

接著，瑟傑克斯陛下又在手邊變出一個小型魔法陣，對著地面射出。

於是，一個路西法的魔法陣在地面上展開，散發出強烈的波動。在氣焰高漲，迸開之後，出現在那裡的——是瑟傑克斯陛下的眷屬們。

「「「「全體路西法眷屬叩見陛下。」」」」

葛瑞菲雅也在裡面。所有人都在瑟傑克斯陛下的面前跪下。

瑟傑克斯陛下問了他的眷屬們。

『結界外面和其他地方怎麼了？』

瑟傑克斯陛下的「主教（bishop）」麥格雷戈．梅瑟斯說：

「是，外面的666已經出現再次開始活動的徵兆。」

「騎士（knight）」沖田總司接著回答：

「核心也出現在其他的領域，在現場大肆作亂。由於其重生能力非同小可，每個地方都處於不知道該如何進攻的狀態。不僅如此，施加在本體上的術法也快要解開了。」

……換句話說，出現在各勢力領域的每一隻666也都釋出核心在當地大鬧，而且本體也快要開始行動了嗎……

……就算關掉了聖杯，打倒了阿佩普，要是無法打倒那個破壞的化身，也無濟於事……

……我們得設法對付它的重生能力，否則全世界真的……遲早會……

瑟傑克斯陛下在耳邊展開聯絡用的魔法陣，似乎在聽取各種情報。

瑟傑克斯陛下對眷屬們說：

『要執行那個方案了。可以吧？』

大家都點了頭。葛瑞菲雅和他們各位都已經理解了瑟傑克斯陛下的想法，並且打算答應。

忽然，瑟傑克斯陛下叫了葛瑞菲雅。

『——葛瑞菲雅。』

瑟傑克斯陛下在手上展開魔法陣，對著轉過頭來的葛瑞菲雅施展了某種術法。

「——！瑟傑克斯陛下，您這是在做什麼！」

身為她的主人兼丈夫的陛下突然這麼偷襲她，讓葛瑞菲雅有點錯愕。

——然而，葛瑞菲雅隨即癱坐在地上。感覺就像是力量遭到剝奪了似的趴倒在地。

瑟傑克斯陛下說：

『這種特別的催眠術式是阿撒塞勒教我的。就算是對妳，應該也起得了作用吧。』

「……為、為什麼，您要這麼做……！」

葛瑞菲雅試圖朝瑟傑克斯陛下爬過去。或許是因為催眠術已經生效了吧，她的眼皮看起來相當沉重。

瑟傑克斯陛下現在是毀滅的化身。陛下一度擺出擁抱的姿勢，但隨即察覺到自己現在的模樣，將伸出去的手收了回去。這樣的陛下……看起來非常傷心。

對著即將睡著的「皇后」，自己的妻子，瑟傑克斯陛下溫柔地說：

『抱歉了，葛瑞菲雅。我希望妳可以留在這邊。』

「……怎麼可以……這樣……太奸詐了……太奸詐了，瑟傑克斯……！……我們明明對彼此發過誓……要永遠在一起……！」

意識模糊的葛瑞菲雅，對自己的丈夫，自己心愛的人，聲淚俱下地泣訴。

瑟傑克斯陛下也難過地這麼說：

『米利凱斯……接下來最需要的是母親。』

「……那個孩子……真正需要的，是你……瑟……傑克斯……………………」

最後留下這句話，葛瑞菲雅當場陷入深沉的睡眠之中。她的眼角——因淚水而濡濕。

沖田總司抱起葛瑞菲雅，放在同樣倒在地上的我身旁。

瑟傑克斯陛下一臉過意不去地對眷屬們道歉。

『……抱歉，我的眷屬們。讓你們看到我惹人厭的一面了。』

眷屬們紛紛搖頭。大家都一臉難過，似乎也都瞭解陛下的無奈。

「不，沒關係，這樣就對了。」

沖田總司這麼說。

「城堡（rook）」史爾特爾・次代也豪邁地笑著說：

「沒辦法，如果不這麼做的話，依大姊的個性，肯定會跟我們一起走吧。」

這時，我終於懂了。

——瑟傑克斯陛下他們，打算到別的地方去。

而且，這個行動和666有關……

瑟傑克斯陛下對眷屬們說了。

『嗯，不好意思了，各位。你們都願意陪我到最後吧？』

「「「「是，我們的生命，與瑟傑克斯陛下同在——」」」」

路西法眷屬們如此回應。

剎那間——我看見遠方狀況。在遠離這裡的地方，上空出現了巨大的空間扭曲，並且逐漸擴大，最後變成了一個洞。

瑟傑克斯陛下的眷屬們紛紛聚集到無法動彈的核心周圍，開始施展某種術法。

我看見出現在遠方天空巨大洞穴吸了某個東西進去——是666的本體。而且散發出神聖光芒的魔法陣不斷貼附到666的本體上。

不僅如此，我在那隻666所在的地方，感應到賽拉芙露．利維坦陛下的氣焰。看來陛下參加了那邊的戰鬥。

瑟傑克斯陛下在眼前展開魔法陣，上面投影出影像。出現在上面的，是利維坦陛下，和法爾畢溫．阿斯莫德陛下。

『小瑟傑克斯，我們這邊準備好了。』

『隨時可以轉移。』

『賽拉芙露、法爾畢溫，我知道了——你們都和心愛的人道別了嗎？』

聽見瑟傑克斯陛下的問題，利維坦陛下露出了傷心的表情。

『……我一直煩惱到最後，可是，那個孩子大概會哭，我又不想看到那個孩子哭泣的表情。因為，這樣我一定會猶豫要不要去……』

阿斯莫德陛下反而是自嘲地笑了笑。

『我倒是原本就沒有那種人。不過，我把之後的事情都交代給要留在這邊的「皇后」了，而且交代到很久之後。』

『這樣啊。我也和賽拉芙露還有法爾畢溫一樣，為了今後著想而決定將「皇后」留在這裡了。所以，葛瑞菲雅會留下來。』

『這樣啊，你把小葛瑞菲雅留下來了啊。我覺得這樣很好。』

『因為各魔王的「皇后」是冥界的珍寶嘛。』

瑟傑克斯陛下與兩位魔王如此對話。

「……瑟傑克斯陛下……？……這是怎麼回事……？」

無法動彈的我這麼問瑟傑克斯陛下。

『這個嘛，是我們幾個領袖的最後手段。在我們的計算當中，要完全打倒６６６，必須花上相當長久的時間。當然，如果能夠在這段時間內完成完整的封印術也可以……但很遺憾的，最後的結論是這也需要時間。』

瑟傑克斯陛下的眷屬們持續對核心施展術法，就此一同飄上了天，然後就這麼朝天上開的那個洞飛去——

瑟傑克斯陛下說：

『無論要打倒牠還是要製造結界，都需要時間。在這段時間內，６６６想必也會繼續破壞吧。再這樣下去，世界將步上毀滅一途。我們的戰力也是有極限的。即使能夠防衛成功兩次、三次，總有一天——戰力還是會耗盡。剛才你也看見了，對手是個打倒幾次都會不斷重生的，真正的怪物。』

瑟傑克斯陛下也開始離開現場。陛下一面飛上天，一面對我說了。

『我和賽拉芙露、法爾畢溫，即將帶著眷屬和那隻666啟程。將666的本體以及核心一起關進阿撒塞勒他們打造的一個名為「隔離結界領域」的地方之後，我們也會進去那裡面。其他勢力的領袖群也都同意了這個方案。阿撒塞勒也是，米迦勒大人也是，奧丁大人也是，宙斯大人也是，還有其他的神級存在都是。現在，這個作戰計畫已經在各領域啟動了吧。』

…………──！

……由於事情太過驚人，我不禁瞪大眼睛……老師之前說的那個終極王牌，就是由領袖群將自己和666封印進那個受到隔離的領域裡面嗎……！

瑟傑克斯陛下表示：

『然後，我們打算在那裡面一直戰鬥，直到完全打倒那個傢伙為止。不知道得花上多少年，但是在我們戰鬥的這段期間內，各勢力的世界都將得到和平。這是……必須實現的事情。是比我們領袖群的安危還要重要的事情──沒錯，這樣我終於能夠達成身為魔王的職責了。』

瑟傑克斯陛下望著遠方說：

『剛才，我接獲聯絡了。真正繼承了路西法之名的人出現了，也是值得慶賀的一件事情。瓦利．路西法。他才是真正應該繼承路西法之名的人。對於惡魔而言，路西法是不可或缺的存在。白龍皇瓦利。他和李澤維姆不同。』

一點一點離開我和葛瑞菲雅身邊的瑟傑克斯陛下表示：

『但是，今後大概還需要其他魔王吧。一誠——你也試著當上魔王看看吧。』

——！

……我很想回話，但是體力已經流失到連發出聲音都沒辦法，也瀕臨失去意識的邊緣。在這樣的狀況下，瑟傑克斯陛下依然想留下他的話語、他的心情、他的意志給我。

『你一定能夠成為一個好魔王。現在或許還有很多不足之處……但是，在不久之後的將來，你必定——會成為所有勢力的希望之一。』

瑟傑克斯陛下的聲音逐漸變得模糊。

『莉雅絲和米利凱斯，還有——葛瑞菲雅，就暫時請你照顧了。也許看不出來，但她其實比莉雅絲還要容易感到寂寞……我不在的這段期間內，希望你可以陪她聊聊天。』

……這樣太奸詐了，瑟傑克斯陛下……

……我想告訴您的事情、想請教您的事情、想和您一起做的事情，都還有很多……還有很多啊……

瑟傑克斯陛下的最後一句話，傳進我的耳中。

『——一誠，冥界就交給你和莉雅絲、蒼那、塞拉歐格他們了。還有，在你們之後的米利凱斯他們那個世代，還有再下一個世代，也請你們替我好好照顧。直到我們再會的——』

聽到這裡，我失去了意識——

Eternal Life.　於白雪之中

與出現在歐洲的666對峙的瓦利隊、刃狗隊、神子監視者的墮天使軍團。

正當他們與突然出現的人形666——「核心」展開激烈的戰鬥時，那個「核心」……忽然不再行動。

剛才——阿撒塞勒說了聲「是時候了」，便展開了魔法陣，「核心」也隨即停止。

在感到狐疑的瓦利眼前，阿撒塞勒靜靜發動了手邊的魔法陣。

接著，十個散發出神聖光芒的魔法陣隨之展開，包圍住眼前的666。魔法陣中間以光線互連，形成了彷彿生命之樹的形狀。

這就是阿撒塞勒說的那個作戰計畫吧。瓦利如此判斷。

然後，第十一個魔法陣在666的頭上展開，完成了術式。仔細一看，不知不覺間666身邊出現了許多神級存在，控制著生命之樹。或許是因為這樣，666和「核心」都完全停止了。

就連天使長米迦勒和熾天使的中心成員拉斐爾及烏列也在成員之中。他們麾下的「神聖使者」也分別跟在他們身邊。

拍動著六對羽翼的米迦勒對阿撒塞勒說：

「阿撒塞勒，我們這邊已經準備就緒了。」

「好，我知道了。你們那邊都處理好了嗎？」

「好了。要去的就像之前告訴過你的一樣，有我和拉斐爾和烏列，還有我們麾下的『神聖使者』。加百列以及其他的熾天使成員都會留在這邊。還有，我們也會把鬼牌·杜利歐和四大熾天使的各個Ａ(ace)留下來。」

「也是，至少得留下這麼多戰力才行。我們這邊……只有我一個。不好意思，我們太欠缺人才了。」

「因為神子監視者在大戰和那之後的小規模衝突當中損失相當慘重嘛。」

「是啊，多虧有那些傢伙捨命一戰，我們才有現在。既然如此，也差不多該輪到我了。」

阿撒塞勒看向６６６。他的眼中充滿了決心的光輝，更帶著一種虛渺之感。

「……阿撒塞勒？」

阿撒塞勒對如此詢問的瓦利說：

「吶，瓦利。我……到頭來，還是沒能擁有自己的小孩。不過，如果要說有誰稱得上是我的小孩的話——大概，就是你了吧。或許是因為這樣，你跑到『禍之團』那邊時，其實對我的打擊很大。不過也是到了現在我才能夠說出口。大概是我的教育方式有問題吧。」

見阿撒塞勒突然說出這種話來，瓦利感覺到更加不安。然後，他想到了。剛才他在阿撒塞勒身上感覺到的可能性，很有可能成真。

「……你在說什麼？這種時候說這種話太奇怪了吧。你應該不是會在這種時候說這些的男人才對。」

「不，我就是故意挑在這種時候啦。嘿，算了，小事別在意。」

阿撒塞勒展開羽翼，緩緩上升。

頭上冒出了巨大的空間裂縫。裂縫逐漸擴大，變得像洞穴一樣。洞穴的大小足夠讓666整隻穿過去。

洞穴的另外一邊，是一片黑暗。看來那裡甚至不是次元夾縫。

阿撒塞勒說：

「另外一邊的空間是專用的封印領域。應該稱為『隔離結界領域』比較好吧。我們運用了排名遊戲的技術、阿傑卡·別西卜經營的『遊戲』的知識、天界的神器系統以及掌管奇蹟的上帝『系統』、羅絲薇瑟對結界術式的研究、北歐的世界樹(Yggdrasill)的真理，然後將神子監視者長年的研究成果也都灌注了進去，創造出一個獨立的世界。換句話說，我們將各自的研究統整在一起，打造出666專用的牢籠。不過，我們完全沒讓羅絲薇瑟知道，我們甚至打造出這種東西來。要是讓她知道了，她一定會反對吧。」

——專用的牢籠。而且是沒讓在做對抗666的研究的女武神羅絲薇瑟知道的東西。

居然還打造出這種東西來。知道阿撒塞勒的準備工作還是一樣充分，讓瓦利不知道該說什麼才好。但是，剛才他和米迦勒的對話內容，相當令瓦利不安。

阿撒塞勒繼續說：

「只是有一個問題。『隔離結界領域』是666專用的，所以相當堅固，但也不是絕對。光是就這樣將牠送進去，總有一天會被牠從內側打破吧。那個傢伙就是如此超乎常規的怪物。所以，必須有人負責在裡面將666牽制住。」

阿撒塞勒操作了一下魔法陣，制住瓦利等人的行動。一方面也是因為和666及牠的核心、量產型邪龍、冒牌赤龍帝等敵人戰鬥過，所有人都身心俱疲，無力抵抗阿撒塞勒的束縛術。

阿撒塞勒帶著莫名認真的表情說：

「這是對神器持有者也相當管用的束縛術。抱歉了，得這樣對待你們。」

在所有人都無法動彈的狀況之下，阿撒塞勒繼續移送666。巨大的666慢慢飛向開在上空的那個空間洞穴。同時，阿撒塞勒和666身邊的那些神級存在也都朝那個洞穴緩緩上升。

阿撒塞勒低頭看著瓦利他們說：

「──我們將以各勢力的領袖階級拖住666。也就是說，我們會在裡面不斷戰鬥，直到完全打倒那個傢伙為止。當然，我和米迦勒他們、瑟傑克斯他們也都扛下了這個責任。在其他遭受襲擊的地方，現在也都發生了同樣的事情吧。」

「等、等一下！阿撒塞勒！」

沒有理會瓦利的吶喊，阿撒塞勒說了下去。

「其實，這件事情早在前一陣子就已經在領袖階級當中談妥了。令人開心的是，每個人都願意配合我這個方案。奧丁也是、宙斯也是。到頭來，一直以來受人類崇拜的那些傢伙，也都很喜歡人類吧……不，他們也知道，沒有人類的話，神話就無法繼續存在，這樣說應該比較正確吧。」

米迦勒說：

「畢竟我們害信徒們和年輕惡魔們吃了那麼多苦。所以像這種傳奇中的傳奇魔物，理當由我們負責。不如說，這樣才是比較能夠減少損失的好選擇。」

不對，我想問的不是這個。

何故？為何？為什麼──

阿撒塞勒不禁莞爾地看著困惑的瓦利，並且說了。

「所以說，瓦利。我們得暫時告別了。放心吧，我是墮天使，你則是繼承了魔王的血統。只要活得夠久，總有一天能夠再見面。沒能讓你和你的義父奧丁道別，我也很過意不去……不過，沒問題的，那個老爺子應該也安排了很多，交代了許多事情吧。」

不是這個。不是這個啊！

我想說的、我想問的，都不是這些！

即使想動，也解不開剛才阿撒塞勒施加在自己身上的束縛術。由於大量消耗了體力與魔力，無法以強硬手段解除這個術法。瓦利知道，阿撒塞勒在做準備的時候一定也早就料到這一點了吧。

阿撒塞勒忽略瓦利的反應，如此表示。

「幫我跟一誠他們說一聲。原則上，我也留下了好幾則訊息就是了。在這種狀況下，就算想直接道別——」

「你用不著去吧！」

瓦利打斷了阿撒塞勒的話語，如此吶喊。

……這是為什麼呢？不久之前，自己應該不會說這種話才對……瓦利發現，遇見兵藤一誠他們、確認了母親的下落之後，他變得情緒化到自己都想笑的程度。

阿撒塞勒跟著米迦勒他們一起，帶著６６６，即將消失在上空的洞穴之中。

就在這個時候——

天上下起了雪。純白的雪花，靜靜飄落。

瓦利在腦中回想起當時的光景。那是他和阿撒塞勒第一次見面那天的回憶。沒錯，那天也是靜靜下著雪。

阿撒塞勒以輕柔的語氣對他說：

「我，還有我們，都應該去。面對這一年當中發生的諸多紛亂，我們高層強迫你們年輕人做了太多勉強的事情了。最後總得收拾一下殘局，否則就太遜了吧。」

在這種時候，瓦利回想起來的，是和阿撒塞勒一起生活的記憶。

第一次，有人真正教自己讀書寫字。

第一次，有人教自己使用惡魔的力量。

第一次，有人協助他和阿爾比恩對話。

第一次，有人帶自己一起去釣魚。

第一次，有人帶自己去兜風。

第一次——

你教了我那麼多事情，為我做了那麼多，現在卻要自己一個人離開嗎？到了此時此刻，瓦利快要壓抑不住心中複雜的情緒了。

在自己逐漸消失到封印結界的領域之中時，阿撒塞勒這麼說：

「沒問題的，瓦利。你還有夥伴。和離開我身邊的時候相比，你應該得到更多了才對。雖然表現得像個戰鬥狂，不過你在這一年當中也變得越來越有你那個年紀的臭小鬼該有的樣子了喔。吶，美猴、黑歌、亞瑟、勒菲，那傢伙就拜託你們了。他其實意外的怕寂寞喔。」

「……好啦，那種事情不用你說我也知道。」

「……總督……這樣道別太卑鄙了喵……」

「瓦利就交給我們照顧了。」

「……嗚嗚。」

接著，阿撒塞勒也對幾瀨鳶雄他們說：

「鳶雄、拉維妮雅，我也害你們的小隊吃了不少苦。拉維妮雅，幫我問候一下梅菲斯托吧。」

「…………」

「……哪有人這樣的。」

幾瀨鳶雄低頭不語。他……也受到阿撒塞勒的多方照顧。心裡大概也是千頭萬緒吧。

最後，阿撒塞勒對瓦利說：

「瓦利！和一誠一決勝負，展開二天龍的宿敵對決的時候，你可要帥氣地搞定喔！你和一誠對我來說是最後的，也是最棒的學生！」

「等——」

「再見啦。」

眼前的神聖光輝變得更強。666巨大的身軀，完全消失到洞穴裡去了。同時，控制著術式的神級存在以及阿撒塞勒、米迦勒也都跟著消失——

留在原地的瓦利等人身邊，只剩下冰冷的白雪靜靜下個不停——

Farewell Temporary.

日本——在瀕臨著太平洋的某處海岸，原本負責對付逼近日本的666的「D×D」隊員以及同盟菁英們，都守候著那一幕。

666逐漸被拖進封印領域之中——

在眾人接獲退避勸告，來到這個海岸之後，所有人得知了最後的作戰計畫。各陣營的領導階級已經做好要和666長期抗戰的心理準備，而且即將和牠一起啟程前往隔離結界領域之中——

一旦進入裡面之後，除非打倒666，否則無論是神級存在，還是超越者，都無法離開。即使能夠完全打倒不斷重生的666，可能也是幾千年以後的事情，或是——

在海岸邊緣放聲大哭的，是蒼那．西迪。她才剛得知自己的姊姊賽拉芙露即將遠行。賽拉芙露事前連向她道別都沒有。

「……姊姊大人……不要，我不要……妳要留下我一個人……自己離開嗎……？我的夢想……我還希望姊姊大人能夠看顧我的夢想啊……」

傷心欲絕地啜泣的蒼那．西迪完全失去了平常有條有理的模樣，露出那個年紀的少女會有的哭泣表情。

這也是當然的。她出生至今也不過十八年。以惡魔的標準來說不過是個孩童，在這之後等著她的，是比她和姊姊一起度過的時間還要漫長的，沒有姊姊的世界。

這一點，對於在一旁安慰著她的莉雅絲．吉蒙里而言也一樣。

莉雅絲的哥哥瑟傑克斯也將遠行到隔離結界領域之中——他也一樣，並沒有向莉雅絲道別。

哥哥是路西法。是惡魔之王路西法。所以，為了保護眾多惡魔，他決心要和666展開長期抗戰。

但是——

哥哥……也是吉蒙里。

他其實是吉蒙里。即使人稱超越者，他原本還是吉蒙里。他只是溫柔又強大罷了。沒錯，他只是溫柔又強大——

不，正因為如此，瑟傑克斯才會下定決心。正因為溫柔又強大，他才會為了保護一切而遠行。

「……兄長大人……你真的是個……大笨蛋……」

一行清淚，從莉雅絲的臉頰上滑落——

不久之後，就是高中的畢業典禮。

……多希望哥哥能夠看著從學校啟程的自己……

這場戰鬥、眼前的光景，莉雅絲終其一生都未曾忘記——

Y Ddraig Goch & Albion Gwiber.

我，兵藤一誠睜開眼睛之後看見的——是白色的天花板。飄進鼻腔的獨特氣味，讓我知道這裡是醫院……我一直以來累積的，全都是些討厭的經驗呢。

挺起上半身之後，有人對我說話。

坐在病床旁的椅子上的，竟然是瓦利。

「你醒了啊，兵藤一誠。」

「……沒想到在一旁看見我醒來的人會是你呢。」

居然不是莉雅絲、愛西亞，或是其他夥伴，而是瓦利啊。

瓦利酷勁十足地哼笑了一下。

「確認你恢復原狀之後，『D×D』的成員們，包括我的小隊在內，還有吉蒙里眷屬，全都去收拾善後了。大家叫我和你好好靜養，然後就把我們關進這裡來。」

哎呀，大家要我和瓦利休息？瓦利那時去找出現在歐洲的666，我則是為了阻止前往日本的666……

「對、對了，我、我怎麼會沒事啊……？我記得因為龍神化的影響……」

我連忙觀察並觸摸自己的身體！對啊！我和瑟傑克斯陛下並肩作戰，一起對抗666的核心……當時我應該已經有所覺悟而龍神化了才對！

「啊，關於這個嘛──」

正當瓦利打算說明的時候，一個人影從床底下鑽了出來。

「一誠，醒了？」

是個有著一頭潤澤黑髮的超級大美女！她穿著一身黑色的衣服，胸、胸部也晃個不停！怎麼會有這麼漂亮的大姊姊出現在這個病房裡面啊！

「醒了？醒了？」

接著，一個嬌小的女孩子也從瓦利背後現身。那是長得和奧菲斯一模一樣的少女──莉莉絲！把、把她留在病房裡沒關係嗎……？應該說，她什麼時候跑到我們這邊來了啊……

…………

……這時，我察覺到自己的變化！

──我看得到胸部！

因為龍神化的影響，我應該無法以肉眼看見胸部，也無法說出相關的言詞才對啊！而且，我又用了一次龍神化，都快死掉了！就算像這樣保住一命，後遺症應該也只會變嚴重才對吧！

正當我心生疑問時，瓦利開了口：

「龍神化對你造成的負擔、反作用力，都由借了力量給你的根源——奧菲斯幫你調整過了。結果，她就變成這樣了。」

——說完，瓦利指了指黑髮美女。

美女歪著頭，還對我說「吾，奧菲斯？一誠看不出來？」什麼的……

…………………

…………

……我的腦袋暫時停擺了一陣子……我仔細看了一下美女，的確看得出奧菲斯的樣子，感覺如果奧菲斯就那樣繼續長大的話，或許是會變成這樣吧。不對，最根本的問題，我們的龍神大人會長大嗎？等等，先不管這個了……

「咦————————————————————————————！」

我也只能放聲大叫了！這裡是病房，這樣大叫讓我非常過意不去，但就算是這樣我也無法忍住不叫！會嚇到才是正常的吧！

咦————————奧菲斯變成這樣了嗎！

「奧、奧、奧、奧奧奧奧奧奧奧奧奧奧奧奧、奧菲斯……是妳……？」

見我指著她這麼說，美女——奧菲斯用力點了一下頭。啊，這完全是奧菲斯的動作。

瓦利說：

「你過度使用龍神之力，存在變得曖昧不明，而且瀕臨死亡——但是，奧菲斯將你身上的反作用力全部接了過去。結果，她的模樣就產生了這樣的變化。而且，外型幾乎就固定為這個女體了。」

……真的假的，奧菲斯代替我扛了下來……

瓦利又說：

「寄宿在你身上那股堪稱無限的龍神化之力，即使是具有偉大之紅肉身的身體，只要你原本是人類，就無法完全承受住。於是，奧菲斯便加以調整……不，應該說是頂替吧，她似乎是藉此讓那股力量沉靜到你的身體與精神能夠承受的程度。」

說的也是。照理來說，在兩次龍神化的影響之下，我的身體……即使消失了也不足為奇。

「那我就會變得沒辦法用龍神化了嗎？」

「像你對付李澤維姆和666的時候那種輸出，除非達到神的領域，否則不只是你，就算是別人也無法運用自如吧。即使是我，壽命也會大幅縮短。只是，龍神化似乎也讓你得到了恩惠。」

恩惠？正當我的頭上冒出問號時，變成美女的奧菲斯對我說：

「顯現出吾之力量時的鎧甲，可以變身為那種型態。只是，力量大不如前。也不是無限。可是，有成長空間。」

哦——可以變身成那種夾雜著紅與黑的鎧甲是吧。但是，無限的特性沒了，龐大的力量也會變弱。

就算是這樣也夠了吧。那個型態就算變弱了，應該還是很強才對。至少遠比真「皇后」型態還要強。

而且還有成長空間更是令人開心。更讓我想要鍛鍊了。

「擬似龍神化？」

奧菲斯搖頭晃腦地這麼表示……「擬似龍神化」啊，該說是形容得很貼切嗎，實際上就是這種感覺吧。

瓦利說：

「不過，你在神器覺醒，轉生為惡魔之後還不到一年的狀態之下就進行能夠觸及神格的變化，別說身心無法支撐了，就連靈魂、存在本身也承受不住吧——你的成長實在太過急遽了。」

……這個傢伙說的沒錯。我在這一年之內，不斷將力量提升到更高的層次。一方面當然也是因為敵人就是如此凶惡，不過身體跟不上這樣的提升也不足為奇。事實上，現在就是碰上了這樣的狀況。

能夠活上一萬年的惡魔生活的第一年就這樣……我身為惡魔的一生好像會很夠看啊……但我可不想在一萬年的生涯之中每年都這樣過……

我不禁抱頭。莉莉絲似乎覺得我們的對話很無聊，鬆開自己的頭髮。

「和另一個莉莉絲一樣，和另一個莉莉絲一樣。」

然後像這樣玩了起來。莉莉絲鬆開頭髮之後，造型確實和奧菲斯一模一樣了……奧菲斯摸了摸莉莉絲的頭。

雖然經過了不少風波，現在奧菲斯的力量總算是像這樣全部集中到一個地方來了。

突然，瓦利的表情變得莫名認真。

「兵藤一誠……我有件事要告訴你──以瑟傑克斯・路西法為首，現任利維坦、現任阿斯莫德等三位魔王，與各勢力的領袖群，都和666一起遠行了。」

「──！」

瓦利為驚訝的我講述。

為了確實減少分裂後的666造成的損害，並且徹底打倒牠，我們將牠轉移到受到隔離的專用結界領域當中。此外，為了將牠留在那裡面，各陣營選出了在領域內部與666戰鬥的戰士。

那些戰士，都是各陣營的領導階級。其中包括瑟傑克斯陛下和賽拉芙露陛下等幾位魔王和米迦勒先生，還有奧丁老爺爺。

之後，瓦利為我說明各陣營的領袖在最後的關頭採取的那個作戰計畫的梗概。

……我也終於想起了那個場面。瑟傑克斯陛下在因為龍神化而倒下的我身旁，向我道別。那個場面……不是夢境。

……怎、怎麼會，瑟傑克斯陛下竟然……

瓦利又對大受打擊的我說：

「阿撒塞勒也到那裡面去了。」

「──────！……老師也是？那、那麼……」

「……也就是說，暫時見不到他了。」

…………

……我抬頭看著天花板……不知道該說什麼才好。我又怎麼說得出口呢？即使想要抱怨，他也已經不在了對吧……？

我雙手掩面，這麼問瓦利：

「暫時是多久？半年？好幾年？」

「……根據你們隊上那位前女武神的推斷……至少幾千年，甚或需要一萬年。這也表示，要完全打倒經過強化的666有多麼困難。因為，就連聖經之神也是，光是封印那個傢伙就已經耗盡全力了。」

……一萬年……

……我們遇見彼此，才過不到一年而已耶……！我和老師還沒聊夠，還有很多事情需要他的建議啊……！一萬年……是怎樣啦！

「……你……是在說……什麼啊……幾……幾千年，甚至什麼一萬年……」

想發洩也無處發洩，這股難以言喻的憤怒、心酸、悲傷，各種情緒在我的身心之內不斷翻騰。

我原本以為瓦利在這種時候也會冷靜地回我的話——他卻難得帶著顫抖的聲音說：

「……是啊，就是說啊……那個傢伙老是那麼恣意妄為……教了我們那麼多事情之後，竟然擅自離開……」

面對勁敵出乎意料的反應——我不禁流下斗大的淚珠……沒想到你這個傢伙會有這種反應……！這樣也太狡猾了吧……！

在這種狀況下，依照往例，那個人都會突然現身，笑著拿我和瓦利的這副德性打趣吧。

但是——無論我們等了多久，老師都沒有出現在病房裡。

瓦利對我說：

「……阿撒塞勒說，你是他最後，也是最棒的學生……」

…………

…………太奸詐了，老師……我只能任憑眼淚流個不停。剛遇見他時的景象在我腦中閃過，接著是修練的時候、和強敵戰鬥的時候、一起去京都和吸血鬼國度等等各式各樣的地方的時候，一幕一幕像走馬燈一樣歷歷在目……

……我打倒了阿佩普耶……再像平常那樣對我訓話幾句啊……

「……吾在喔。吾，無論是幾千年或一萬年，都和一誠及瓦利在一起。」

這時，奧菲斯牽起我的手。

「那，莉莉絲也在。」

莉莉絲也把手放到我和奧菲斯的手上。

……有人離開，也有人到來……是吧。

瓦利嘆了口氣。

「……好久啊——但我和你都得到了能夠活過那段時間的身體。等到他回來之後——」

不經意地，瓦利轉過頭去，面對窗戶。他的聲音，變得更為顫抖。

「一定要好好對他抱怨幾句。」

「是啊。」

今後等著我們的，是沒有瑟傑克斯陛下和阿撒塞勒老師的世界。比起共度的時光還要長久難耐，沒有他們的世界——

如果我們能夠更強、更快，擁有足以打倒「敵人」的力量與決心的話，結局是不是就不會變成這樣了呢……

十七歲的我，有生以來，第一次嘗到足以遺憾一生的強烈後悔。

以這場戰鬥為契機，二天龍的心境產生了決定性的變化。

瓦利多了保護他人的關心，而我——則是多了一定要消滅「敵人」的決心。

沒錯，如果我的決心不夠堅定，又會有人消失。

與其讓狀況演變成這樣，不如由我——

Report.

以下，是各勢力失去的主要最重要當權者。

天界

・米迦勒與其麾下的神聖使者（A除外）。

・拉斐爾與其麾下的神聖使者（A除外）。

・烏列與其麾下的神聖使者（A除外）。

冥界

・瑟傑克斯・路西法與其眷屬（皇后除外）。

・賽拉芙露・利維坦與其眷屬（皇后除外）。

・法爾畢溫・阿斯莫德與其眷屬（皇后除外）。

・墮天使之長阿撒塞勒。

北歐勢力

・北歐神話的主神奧丁以及神級六柱。
奧林帕斯勢力
・希臘神話的主神宙斯以及神級十柱。
印度勢力
・梵天神、毗濕奴神以及神級七柱。

其他勢力（日本神話、中國神話、埃及神話、凱爾特神話、其他）也派出各主力神級存在，參加這場對抗666長久戰鬥。

話雖如此，666目前仍處於生存的狀態。

後世，在各勢力記錄於史書之中的歷史性戰爭「李林之亂」、「邪龍戰役」就此暫時終結──

歷史學家們將這場戰役評為「各神話勢力史無前例的損失」。

尤其是天界、冥界的戰力低落特別顯著，使得三大勢力的大戰之後好不容易恢復的國力再次嚴重耗損。

在人類世界也留下重大影響的666與邪龍群，連同與之戰鬥的非人、超自然存在一起被傳媒拍了下來，在人類之中引發熱烈的討論。在這層意義上，這次戰爭的結果，在人類世界、超自然世界，雙方都留下了重大的影響。

但是，在這場戰役之中，也產生了新的希望。惡魔陣營出現了未來有望成為超越者的戰力，而且多達兩名。

那就是在二天龍的歷史之中也極為罕見的優秀持有者「明星之白龍皇」瓦利．路西法，以及「燚誠之赤龍帝」兵藤一誠——

另外，在這場戰役結束之後過了幾天，冥界高層提出了一項動議。

——也就是將莉雅絲．吉蒙里的眷屬「兵藤一誠」提名為升格上級惡魔的候選人。

轉生未滿一年便獲得上位惡魔升格的提名，是過去未曾出現過的，特例中的特例。

The remaining hopes.

接下來要告訴各位的，是被視為最高機密的對話。

距離人稱「邪龍戰役」的戰鬥，過了幾天之後。在一處沙灘上，有著兩道人影。在夜空中照耀著那處沙灘的天體──有兩個。這裡是阿傑卡・別西卜以「某個地方」為模擬主題而創造出來的空間。

細碎的波浪奏著令人心曠神怡的樂音，兩道人影──妖豔的魔王阿傑卡・別西卜與呈現出天真少年外貌的破壞神濕婆，在這樣的環境之中圍著桌子坐著。

兩人在夜晚的沙灘上，圍著桌子展開密談。

濕婆說：

「犧牲慘重──不過，這樣應該就能得到短暫的和平了吧。三大勢力的領袖群、奧丁、宙斯祂們的決心，我都見識到了──好吧。在他們回來之前，我也來保護這個世界好了。」

阿傑卡問濕婆。

「這樣可以嗎？你從阿撒塞勒前總督那裡接受的請託，應該是在666可能前往異世界

的情況之下，阻止牠那麼做才對……」

沒錯，濕婆原本和阿撒塞勒談好的約定是這個。

——但是，對於濕婆而言，阿撒塞勒他們的行動，刺激了他的美學。

阿撒塞勒等人身為領袖群，這次的行動引發了一些批評、擔憂的聲浪。有人說那是沒有想過後續效應、不負責任的行動，也有人擔心在隔離領域無法抑制666的情況，族繁不勝枚舉。

但是，對於濕婆而言，領袖群的行動完全值得讚賞。

「保護這個世界——如果沒有這種決心的話，對祂們也很失禮吧？而且，梵天和毗濕奴也叫我務必要留下來當今後的抑制力——對了，冥界那邊現在的狀況怎麼樣？」

「是的。以目前的狀況來說，在首都莉莉絲——」

從戰後處理開始，兩人還談論到人類世界。

「對人類世界造成的損害也無法忽視，但是在各勢力眾神行神蹟之下，似乎已經恢復到一定程度了。」

正如阿傑卡所說，遭到666與邪龍們破壞的人類世界自然景觀，在神祇的力量之下已經得到了修繕。逝去的生命……這點今後該如何處理，也是各勢力即將面臨的難題。

此外還有其他問題。就是這次事件已經透過影像紀錄在人類之間擴散了。非人的存在被拍得一清二楚。

濕婆說：

「崇拜我的陣營的領域，已經透過人類陣營的統治者安排好，對影像紀錄加以刪除、假造等處置。這麼做或許有其限度……但是這次事件當中有太多人類不應該知道的事情了。其他勢力應該也一樣吧。一旦人類世界的平衡瓦解，對神話體系也會造成影響。這點絕對要避免才行。」

阿傑卡也同意了。

「我們這邊的勢力也和天界合作，進行和你們那邊一樣的處置。想要完全刪除大概很困難就是了……」

影像本身，看在一般人類的眼中，就像是電腦動畫繪製而成的怪物電影場景。也有很多人如此斷定。

話雖如此，許多人類都察覺到「發生了某種重大事件」。儘管眾人誤以為是「某國進行的軍武試射」或「恐怖攻擊」之類的事件，這次的影像紀錄今後還是會低調而長久地留在人類世界吧。

然後，阿傑卡與濕婆談論彼此陣營今後的計畫之餘，話題終於進入這次的核心。

濕婆毫不顧慮，直截了當地說了。

「到頭來，李澤維姆和邪龍……至少阿日．達哈卡與阿佩普是這樣，他們對那個地方似乎有某種程度的知識對吧？」

阿傑卡點頭承認了他的說法。

「是啊，看來他們至少得到了情報。不過，就連我也得到了足夠的知識，能夠像這樣重現那個地方的一部分。」

「你的情況，是透過神滅具接觸了那個地方對吧。應該沒有被他們那邊發現吧？」

「至少我接觸的時候沒有穿幫。為了避免穿幫，不清楚的事情也很多就是了。」

阿傑卡毫不掩飾地如此宣告。

「……不過，『他們』很可能遲早會攻過來。在二天龍與洛基交戰時與那位神祉的邂逅，再加上這次的事件，『他們』應該已經察覺到這邊的存在了。」

魔王拿出整理好的報告，放在桌上。

報告的封面上寫著「Top Secret」。

阿傑卡繼續說了下去。

「這是阿撒塞勒前總督在前往隔離領域不久前留給我和能夠信賴的少數ＶＩＰ的報告。報告當中記載的是某個調查結果。」

瀑婆拿起報告，隨意翻了起來。他露出前所未見的表情，顯得莫名認真。

阿傑卡對看著報告的破壞神說：

「——李澤維姆將與這邊相關的各勢力轉移術式傳送到那邊去了。另外，在我們收回來的阿格雷亞斯之中，也留有他和對方曾經數度交換情報的跡象。」

「……原來如此，不是物體，而是只將情報送到那邊去啊。而且送過去的偏偏還是有關轉移的情報。他希望那邊的人可以分析那些情報，跳過偉大之紅，轉移到我們這邊來啊。那個恐怖主義的結晶，死前還先散布了各種惡意的可能性啊……能做到這種程度也只好為之驚嘆了。」

李澤維姆和阿日・達哈卡、阿佩普，他們嘗試和異世界通訊，而且還成功了。不僅如此，最誇張的是，他們還傳送了帶有挑戰意涵的宣言，以及這個世界的各種轉移手段的相關情報到那邊去。

簡單的說，就是找個人痛罵了一番之後，還將有辦法來到自己家裡的各種交通資訊全都傳給對方的瘋狂舉動。想法本身就很不正常，說穿了就和人類世界的年輕人在社群網站上當小白沒什麼兩樣。問題在於涉及的範圍大到行星規模的程度。

那個前路西法的兒子，不只是自己想發動戰爭，更希望能夠將其他生物也全都捲入戰爭當中。

李澤維姆是不折不扣的惡意結晶，死後仍然留下深刻的傷害——

阿傑卡帶著心情複雜的神情表示。

「李澤維姆送過去的術式經過那邊的解析，直到能夠突破次元之壁所需的時間……阿撒塞勒前總督與我們別西卜方面計算出來的結果顯示——距今約三十年後，來自『異世界』的使者將抵達我們這邊。」

聽了這項情報，濕婆也只能笑了。

「還真快啊。對我們超自然存在而言，那只是一轉眼之間罷了。」

「是啊，瑟傑克斯和阿撒塞勒前總督直到臨行之前也都非常擔憂今後的狀況。他們都擔心，那個世界的邪神，恐怕確實是邪惡的……」

「與異世界的眾神展開戰爭啊——不過……那件事還要過一陣子才會發生。比那個令我更在意的是——」

「——因陀羅，也就是帝釋天對吧？」

即使預知了異世界將有敵人來犯，遺留在各勢力之間的芥蒂依然尚未化解。

尤其是思想和希臘神話的黑帝斯一樣危險的帝釋天——也就是因陀羅。

濕婆摸著下巴說：

「各勢力的領袖都消失了，現在正是大好機會。那個戰爭之神應該會這麼覺得吧。畢竟，他是個徹頭徹尾的『戰爭』之神。有個三十年的空檔，夠他出手了。」

破壞之神在這麼說的時候，隱約顯露出喜悅。看似少年的這個神祇，同樣也是享受戰鬥的超自然存在。

像是想要呼籲他自制似的，阿傑卡說：

「……在這個狀況之下爆發大型戰爭的話，考量到今後的事情，只會帶來破滅。」

濕婆聳著肩說：

「以梵天與毗濕奴為首，我們這邊也送了好幾個神出去。要是和因陀羅展開戰爭的話，對人類世界應該也會造成重大的影響吧。畢竟，因陀羅也設想到會有那樣的一天到來，不斷在壯大自己的陣營。」

沒錯，在各勢力當中號稱最強的印度神話，也將三大神祇當中的兩名派去和666展開長久戰鬥了。

印度的主神，現在只剩下濕婆一位。

正因為如此，那個戰爭之神更可能認為不會有人從旁妨礙，而對濕婆出手。因為，那個因陀羅，視濕婆為最大的眼中釘——

「真是傷腦筋啊。」

濕婆如此表示，但表情看起來一點都沒有感到困擾的樣子。

為了轉移話題，濕婆對阿傑卡說：

「你們那邊也該加緊準備『世代交替』才對。在皇帝彼列的坦承之後，冥界高層已經夠混亂了對吧？這是個好機會，應該藉此改革才對——就導入那個『七大魔王』制度吧。聽說你有個構想，要依循七大罪建立制度對吧？」

「沒錯，這次我想跳脫惡魔陣營，將處於同盟關係的各勢力領袖群的投票也納入考量，選出魔王人選。名額有路西法、利維坦、阿斯莫德、彼列，再借用番外惡魔（extra demon）的家名，加上瑪門與貝爾芬格。」

「在選出之前都只有你一個魔王啊。真是辛苦你了。」

「……我就是為了這個目的而留下來的嘛。我也打算站上舞台，直到瑟傑克斯（那個傢伙）回來為止。」

瑟傑克斯很清楚。只要有心，阿傑卡的能力足以擔任瑟傑克斯的角色或是法爾畢溫的角色。

至於賽拉芙露那種偶像般的群眾魅力他倒是沒有，不過四大魔王分別扛起的職責，阿傑卡只要有心都能夠處理得相當妥善。現任魔王們就是感覺到這一點，才和666一起轉移到隔離領域去了。

獨自留下的阿傑卡，也接受了朋友們的請託，對他們發誓將長久守住別西卜的寶座。

濕婆說：

「——但是，比起領袖群，我們更需要的是能夠靈活運用的『棋子』。如果沒有優秀的『棋子』，『戰爭（遊戲）』就無法成立。以結果而論，李澤維姆的計畫勢必已經打破各勢力所抱持的平穩概念了吧。正因為如此，各勢力的神級存在應該是這麼想的——必須趕緊在自己的陣營當中培育、產出強者才行。否則，別說是對抗恐怖分子了，甚至可能得向其他勢力低頭才行。阿傑卡，你也是預料到這一點，才和瑟傑克斯·路西法以及阿撒塞勒擬定了某個計畫——實施範圍擴及所有勢力的那個企畫。感覺真是相當好玩呢。」

「你聽說了啊。」

濕婆看起來相當愉悅。

「——那個企畫，要不要由我來接手他們的部分啊？然後，我們就在近期開始執行。這種事情進行得越快越好。能夠產生出強者的要素，無論在任何時代都是彼此競爭。等到戰後處理工作結束之後，就由我向各勢力發表這個吧。」

也不知道是從哪裡弄到的，濕婆從懷裡拿出一份新的報告。

那是——標題寫著「排名遊戲國際大會」的企畫書。

「讓我們團結起來吧。為了防範即將到來的襲擊——必須製造出強者。更重要的是，無論何時，這種祭典總是能讓任何人心情雀躍。」

阿傑卡思索著濕婆這番話背後的真意。

破壞之神大概是想靠這種大型活動，來牽制可能因為這次戰役的結果而開始有所行動的那些人吧。

以世界規模的競賽當作各勢力的代理戰爭，藉此將各勢力即將滿溢而出的野心平息下去……這正是瑟傑克斯與阿撒塞勒提出這個企畫原本的目的。

若是忽略這個競賽而引發戰爭的話，將受到各勢力的譴責。其他勢力也相當可能為遭受攻打的陣營助陣。站在帝釋天的立場，應該也不希望事情變成這樣才對。

就這個角度來說，瑟傑克斯和阿撒塞勒在推動勢力間和議的同時，也為了將各勢力的野心做個了結，而企劃了這樣的大型活動。只是，因為李澤維姆的惡意，導致計畫的進度嚴重落後就是了……

話雖如此，這個破壞神會繼承他們的信念到什麼程度還很難說。濕婆自己真正的想法是什麼？而帝釋天又會如何看待？不安要素實在太多了。

不過，如果這樣的代理戰爭能夠在各勢力之間順利運作的話——

——憑你的手腕，應該能建構出任何人都可以玩得很盡興的「遊戲」吧？

阿傑卡彷彿能夠聽見瑟傑克斯（朋友）這麼說，微微揚起嘴角。

實際上，排名遊戲的國際化，確實是最適合對目前浮上檯面的問題加以究責並且重建的手段。讓排名遊戲脫離惡魔陣營的侷限，打造為所有勢力都能夠享受的比賽項目，那麼各勢力應該也會嚴加監視才對。如此一來，至少會變成比現在好上許多的比賽。

這也是——瑟傑克斯、阿撒塞勒，甚至是冠軍彼列所期望的未來。

事實上，瑟傑克斯、阿撒塞勒從去年開始，就對惡魔、墮天使所經營的各種企業，還有以天界——基督教為首，以及其他勢力的各宗教相關企業，暗中提出了因應國際化的贊助商契約提案。

阿傑卡如此回答不在這裡的瑟傑克斯。

——吶，瑟傑克斯。說真的，你是想讓自己的妹妹和妹婿成為惡魔代表，看著他們打倒各勢力的代表隊而引以為傲吧？

為了讓朋友有朝一日能夠看見那一幕，阿傑卡・別西卜開始行動。

如此這般，宴會即將開始——

兵藤一誠的高中生活(high school life)當中最為盛大，也是最後的一個活動，即將揭開序幕。

後記

好久不見。我是石踏一榮。從二〇一二年後半開始的第四章，主線總算在本集結束了。前後寫了超過三年，還真是久啊。

這本第二十一集寫起來相當辛苦。我想，各位讀者應該也這麼覺得吧——「第二十一集也太高潮迭起了吧！」確實是這麼回事。

塞拉歐格＋匙對比迪斯↓瓦利對阿日．達哈卡↓一誠對阿佩普↓一誠＆瑟傑克斯對666的核心。

……就像這樣，一本裡面就塞了四次戰鬥的最高潮，所以真的過去寫得最累的一次。而且當中還插入了塞拉歐格及瓦利兩位人氣角色的強化橋段。不好意思，請原諒我真的只有在一章的尾聲才有辦法這樣寫……

回顧第四章，大概在第十六～十九集左右，是我的精神狀況最不佳的時期。由於準備與女性角色人數（＋加斯帕）相當的橋段，相對的，事件就多了種硬是加上去的感覺，這點我無法否認。這或許就成了內容遭到稀釋，讓我覺得寫起來很痛苦的因素。「寫女性角色固然不錯，但我更想寫男人與男人之間的激烈衝突！」能夠將這種日積月累的情緒宣洩而出的機會，就是上一集和這一集合起來的第四章最終戰役，也因此這兩本在《D×D》當中也是我個人認為能夠和第二集以及第十～十二集並列的滿意之作。如果各位身邊有因為第四章太長而中途棄坑的讀者，請告訴他們——「第四章終於結束了！」

換個話題，來談談一誠和瓦利，以及其他的「D×D」隊員吧。

因為這次是瓦利回，終於有機會能夠正式延伸他的故事了。身為一誠的宿敵，也差不多是時候該談論到他了，所以就連同阿撒塞勒一起寫了他的小故事。和上一集的一誠回一樣，瓦利回也是親子的故事。但是，這次是比較傷心的故事。我刻意將兩個人寫在兩個極端。

然後瓦利終於魔王化了！是在他所擁有的一切昇華之後得到的強化型態。我想瓦利也是一個「D×D（Diabolos Dragon）」。如果一誠的新型態是「D×D」．G（God）的話，瓦利的新型態就是「D×D」．L（Lucifer）了吧。順道一提，戰鬥中出現的瓦利的飛龍是感○砲。

傳說中的「白龍」之名眾說紛紜。在《D×D》當中我設定為「以拉丁文的『白』為語源」，並且包含了各種意味的「阿爾比恩（Albion）」。由於一誠與德萊格脫胎換骨了，再加上瓦利的強化型態，正好配合這個好機會用上「格威柏（Gwiber）」這個名稱，作為牠在《D×D》作品當中的真名。

一誠也透過相當符合他的方式進行恢復，還施展了無限爆擊砲＋神滅碎擊砲這種足以改寫地圖的火力。寫起來感覺相當暢快。

塞拉歐格也依照之前提供的設定變身為霸獸，杜利歐與鳶雄也使用了禁手。杜利歐和鳶雄的禁手特性還沒有全部施展出來。

然後，愛爾梅希爾德也再次登場了。在《DRAGON MAGAZINE》連載的短篇當中她已經先行再次登場了，我想在《ＤＸ》第三集收錄那篇故事。

關於第四章的頭目。

李澤維姆只是為了吸收讀者的仇恨值，並且引發事件用的舞台機關。

因此，阿日．達哈卡、阿佩普、６６６是正好適合為一章的最後收尾的優良敵方角色，尤其是對抗阿日．達哈卡之戰和對抗阿佩普之戰，寫起來都很開心。

阿日．達哈卡的靈感來源，完全就是王者基〇拉。或許是因為這樣吧，寫著寫著總是會跑出頭目感來。三頭龍很有怪獸典範，寫起來很開心。

阿佩普的真面目是實體為虛幻的黑暗，因此無論一誠發動任何攻擊都無法造成太大的傷害也是無可奈何的事情。要對付牠只能夠以超強攻擊力轟散，或者是請冠上太陽之名的神明打倒牠了。

666則是寫成了真真正正的怪物級。是足以輕易破壞世間一切的怪物。這次，牠在相當程度上破壞了各神話的領域，也造成了《D×D》作品當中最大規模的損害。如果沒有阿撒塞勒的作戰計畫，會有更多神級存在被幹掉吧。

偉大之紅和全盛期的奧菲斯如果認真起來大概也是像這種感覺，或者是在這之上。這樣更能夠了解到繼承了兩隻神龍的力量的一誠有多麼異常了。

再換個話題，關於異世界「E×E」。

終於寫到相關設定了，不過在《惡魔高校D×D》當中恐怕不會再次涉及到「E×E」了。然而，以劇中時間的大約三十年之後，兩個世界已經確定會互相接觸。好了好了，到時候將會怎樣呢？請各位讀者耐心等待吧。順道一提，那是《D×D》的原創世界，所以和實際存在的神話完全沒有任何關係。

其實關於這件事，已經在《D×D》的外傳當中提過了。現正發售中的動畫版第三季《惡魔高校D×D BorN》的BD／DVD當中附贈的特典小說《惡魔高校D×D・EX》的故事，搶先描述了來自這個異世界的侵略，以及來自未來的一誠的孩子們，是一連六回的外傳。特典小說是首刷版光碟的贈品，我也不太清楚店裡還有沒有首刷版的存貨，有興趣的讀者還請留意。

以下是答謝部分。みやま零老師、責編H先生。這次我一直煩惱到最後一刻，真的非常抱歉。多虧兩位的幫忙，我才能夠接連推出兩本優秀的本傳原稿。

第四章的主線已經結束。是的，下一集的後半開始就要進入最後一章了！最後一章，也就是第五章，概念是「熱鬧的祭典」、「D×D人物的總決戰」。下一集的前半是第四章的尾聲，終於要寫到莉雅絲、朱乃她們高三組的畢業典禮了。一個世代將就此告終。第二十二集的主軸也將會是莉雅絲與朱乃兩個人。

然後，如同我在DX第二集預告過的，第二十二集將有驚人的發展等著各位。原則上，這一集也已經埋了相關的伏筆。接下來應該會是一連串令讀者興奮不已的發展才對。

大概就是這樣，最後的第五章將從下一集的後半開始。希望各位能夠陪伴《D×D》直到最後。

國家圖書館出版品預行編目資料

惡魔高校DxD. 21, 自由上學的路西法 / 石踏一榮作 ; kazano譯. -- 初版. -- 臺北市 : 臺灣角川, 2017.01
面； 公分
譯自 : ハイスクールD×D. 21, 自由登校のルシファー
ISBN 978-986-473-491-7(平裝)

861.57 105022894

Kadokawa
Fantastic
Novels

惡魔高校D×D 21
自由上學的路西法

（原著名：ハイスクールD×D 21 自由登校のルシファー）

2017年2月2日　初版第1刷發行

作　者：石踏一榮
插　畫：みやま零
譯　者：kazano

發行人：成田聖
總編輯：蔡佩芬
主　編：吳欣怡
文字編輯：江宇婷
資深設計指導：黃珮君
美術設計：黃永漢
印　務：李明修（主任）、張加恩、黎宇凡、潘尚琪

發行所：台灣角川股份有限公司
地　址：105台北市光復北路11巷44號5樓
電　話：（02）2747-2433
傳　真：（02）2747-2558
網　址：http://www.kadokawa.com.tw
劃撥帳戶：台灣角川股份有限公司
劃撥帳號：19487412
法律顧問：寰瀛法律事務所
製　版：尚騰印刷事業有限公司
ISBN：978-986-473-491-7
香港代理：香港角川有限公司
地　址：香港新界葵涌興芳路223號
　　　　新都會廣場第2座17樓1701-02A室
電　話：（852）3653-2888

※本書如有破損、裝訂錯誤，請寄回當地出版社或代理商更換。

HIGH SCHOOL D×D Volume 21 JIYU TOKO NO LUCIFER
©Ichiei Ishibumi, Miyama-Zero 2016
First published in Japan in 2016 by KADOKAWA CORPORATION, Tokyo.
Complex Chinese translation rights arranged with KADOKAWA CORPORATION, Tokyo.